下

禁色
きんじき

陈德文 译

[日] 三岛由纪夫 著

广西师范大学出版社
GUANGXI NORMAL UNIVERSITY PRESS

辽宁人民出版社

第十九章　老伙伴

　　因为太难为情了，悠一一直没有到镝木家里探望，镝木三番五次来电话，一天晚上，他还是去了。

　　几天前，悠一和镝木信孝下楼来的时候，看到夫人不在，信孝没怎么往心里去。第二天，她还未回来，这才引起重视。看来不像是一般的外出。一定是躲起来了。而且，失踪的原因只有一个。

　　今天晚上，悠一看见信孝简直变了一个人。他很憔悴，双颊出现了平时看不见的络腮胡子。过去红红的脸色，现在失去了光泽，皮肤松弛下来。

　　"还没回来吗？"——悠一坐在楼上书斋长椅子的扶手上，将香烟的一端在手背上蹾了蹾，随口问道。

　　"是啊……我们给她看到了。"

　　那副滑稽的庄重，很不合乎信孝平时的个性，悠一故意残酷地表示同感。

　　"我也这么想。"

　　"对吧？看来只能这样想了。"

　　实际上，那天完事后看到锁舌滑出在锁孔外面，悠一首先想到了这一点。极度的羞愧经过几天之后，就被一种解放感稀释了。其间，他渐渐认识到，自己没有理由同情夫人，也没有羞愧的理由。他热衷于这种英雄式的冷静。

　　正因为如此，信孝在悠一眼中显得很滑稽。他觉得，信孝正是为"被看见"这件事而苦恼、憔悴下去的。

　　"报警了没有？"

　　"那样不好。也不是没有一点儿线索。"

　　这时，悠一发现信孝的眼睛湿润了，吃了一惊。信孝还说道：

　　"……但愿她不要干傻事啊！……"

　　乍一看，这句不符合他性格的感伤的话，震动了悠一的心扉。他们奇妙的夫妻间的融合情感，通过这句话最为清晰地表现出来了。因为，在妻子对待悠一的恋情里，信孝不能不感到有着众多的共鸣，他心里有可能展开亲密的想象。同样，他的一颗心也会由于妻子精神的不贞受到强烈的伤害。信孝既然意识到这位妻子爱上了丈夫所爱的人，那么他就戴上了两顶"绿帽子"。而且，他将为妻子的恋情越来越刺激自己的恋情而感到苦恼。悠一今天才亲眼看到他内心的伤痛。"镝木夫人对于镝木伯爵来说，竟如此不可缺少。"悠一想。这恐怕超出了这位青年理解的范围。然而，悠一一旦有了这个想法，对信孝立即产生了一种无比亲切之情。

伯爵面对自己所爱的人，有没有看到他那优柔的眼神呢？他低着头，极端衰弱，失去了自信，穿着考究睡衣的肥硕的身子堆在椅子里，两手支撑着深深埋着的双颊。上了年纪依然浓茂的头发用发油胶在一起，十分光亮，同那长满络腮胡子的脏污、松弛的皮肤形成对照。他没有看着青年，但悠一却盯着他那横着几道皱纹的颈项。突然，他想起最初那个晚上，在电车里见到的同类丑恶的面孔。

亲切的表情瞬息即逝，美青年又恢复了那种极其相应的残酷而冷峻的目光。这是打死一条蜥蜴的纯洁少年的目光。"对于这个人我要比以前更加残酷，我必须这样！"他想。

伯爵已经忘掉眼前这位冷峻的情人的存在，一心想着失踪的、使他放心不下的伙伴，那位长年厮守在一起的"同谋"。他为此哭了。他和悠一一样，留给他们的是孤立的感觉。同一只竹筏子上的两个漂泊者，久久地沉默着。

悠一吹着口哨，信孝学着狗的动作，听到声音抬起头来。他得到的不是食物，而是青年嘲讽般的微笑。

悠一向桌上的杯子里倒了白兰地，他端着酒杯走向窗边，拉开窗帷。堂屋旅馆今夜举行盛大宴会，大厅里灯火通明，光芒四射，照耀在院子里的常绿树和辛夷花上。从那个角落里微微响起同这座住宅不大协调的丝竹声。今晚的气候非常和暖，风息了，天空晴朗。悠一浑身感到说不出来的自由。这是一个在漂泊之旅的途中，身心愉快、扬眉吐气的游子的自由。

他为这个自由举杯祝贺。

"无秩序万岁!"

＊

夫人失踪,青年不为所动,他把这归结于自己太冷漠,其实这种看法并不准确,也许凭着一种直感,他才避免了心中的不安。

镝木家和夫人娘家乌丸家都出身于公卿贵胄。十四世纪,镝木信伊据守北朝,乌丸忠亲据守南朝。信伊机诈权变,好耍小聪明;忠亲热情单纯,堂堂政治家风度。两家正好代表政治的阴阳两面。前者是王朝时代政治的忠实继承人,最坏意义上的艺术政治的信徒。亦即在那个和歌和政治相互交合的时代,艺术爱好者作品的一切缺陷、美学上的暧昧、效果主义、热情的算计、弱者的神秘主义、外表的蒙混和欺诈,以及道德的麻木,等等,他把所有这一切都转移到政治领域里来了。镝木信孝不惮卑劣的精神,不畏怯懦的勇气,主要来自这种祖宗的赐予。

　　与此相反，乌丸忠亲急功近利的理想主义，使他一直苦于自我矛盾中。他深知，他那不能直视自我的热情，具有足以实现自己的力量。这种理想主义的政治学，欺骗了别人，更欺骗了他自己。最后，忠亲拔刀自刎了。

　　如今，信孝的姻亲，夫人的大伯母，一个年高德劭的女人，承继了京都鹿谷一座古老的尼寺。这位老妇人的家族历史，则融合了镝木家和乌丸家两系相反的家风。小松家族世世代代出过非政治的高僧、文学日记作家、博学多识的权威，就是说，不论对哪一个时代的新风俗，他们总是站在修正或批判的立场。但是，如今这个家族，自从这位老尼殁后，香火遂断。

　　镝木信孝断定夫人出奔的地点就是这里，不用说，失踪的第三天就立即给那边打电报。悠一那天晚上去的时候，还没有回电报。又过两三天，回电报了，上头说道：夫人没到这里来，但留意到了，一旦有何信息，马上打电报告知。这电文使人摸不着头脑。

　　这期间，悠一接到了一封厚厚的书信，标着这座尼寺的地址。他掂了掂手中这封信的重量，这重量似乎悄声告诉他："我在这里还活着呢。"

信里的意思是：面对那种可怕的事实，夫人失去了生活的依靠。看到那种目不忍视的场面，她只感到羞耻和恐怖，不管谁看到了都会怒不可遏。她觉得她对人生已经完全没有介入的余地了。她习惯于洒脱的生活，能轻松自如地度过生活里可怕的深渊。现在，她看到了这个深渊，脚步踟蹰，再也不轻松了。镝木夫人考虑自杀。

她寄身于花事尚早的京都郊外，一个人久久地散着步。早春的风吹过广大的竹林，她喜欢这里的景观。

"多么杂乱而茂密的竹林啊，只知徒劳地生长。"她想，"这里多么安静！"

她的不幸的性格最明显地表现在她坚信，如果她要死了，她应该好好地思考死亡。人每当有这种感觉的时候，就可免于一死。这是因为，自杀不论高尚还是低俗，都是属于思考本身的自杀行为，就是说，大凡自杀都是经过深思熟虑的。

决定不死，思想为之一变，她认为先前使她死的原因，这回就是使她活下去的唯一的原因。现在，较之悠一的美，他的行为的丑恶更具有使夫人着迷的巨大魅力。结果，她终于平心静气地想通了。只有在那样的时刻，她才切实感到被看着的悠一和看着的自己方能分享同一种感情，亦即没有一点儿虚假和伪装的绝对的羞耻。

那种行为的丑恶是悠一的弱点吗？不是。不可想象，像镝木夫人这样的女人会喜欢软弱。那只能是悠一对她最富权威的、最彻底的挑战，看看她究竟会有何种感觉。这位夫人没有觉察，她起初所怀抱的情念，经过种种严峻的磨炼，正在继续改变着形态。"我的爱已经没有一鳞半爪的温柔了。"她泛起了一种奇妙的反省。对于这种钢铁般的感受性，悠一越像一个怪物，她就越是增强对他的爱。

读到下一段，悠一露出讽刺的微笑。他想："多么纯真呀！她从前把我看得完美无缺，自己也装出一尘不染的样子；如今又要和我竞争谁更污浊来了。"

这种絮絮叨叨的卖淫般的独白，最能说明夫人的热情几乎出自母性。她也效仿悠一的罪行，悉数自己犯罪的经历。为了达到悠一那种恶行的高度，她也在千方百计积攒自己的恶行。她宛然一个母亲，为了证明同这位青年有血缘关系以便庇护儿子，她主动为他顶罪，自行悔过。她不顾这种坦白会给青年的心理带来何种影响，这一点尤其代表了一个母性的利己主义思想。那么，她有没有觉悟，这种彻底的袒露只能使自己变得可憎而永远寻不到爱的途径了呢？我们每每看到这样一种绝望的冲动：一个恶婆婆在虐待媳妇的过程中，对于早已不爱自己的儿子更加展现出一副不值得爱的嘴脸。

镝木夫人战前只是一位普通的贵妇，虽说有些水性杨花，但要比世间传说的更加矜持。自从丈夫结识加吉，深入邪道以后，懈怠了一个丈夫应尽的职责，她感到夫妇关系越来越疏远了。战争将他们从倦怠中拯救出来，他们都为不生孩子这种先见之明而感到自豪。

与其默认妻子的不贞，不如加以纵容，丈夫的这一手自那以后越发露骨了。然而，经过两三次偶发的情色事件，夫人并未找到什么欢乐，也未尝到任何新鲜的刺激。她把自己当成一个淡泊的人，这样一来，她觉得丈夫那种不必要的用心让人心烦。一方面，丈夫对她刨根问底，当他得知自己长年在妻子身上营造的麻木丝毫没有动摇之后，心里甚感高兴。没有比这种坚如磐石的麻木，更能证明她的贞节了。

那时候，她的身边已经围着一些浮浪子弟了，就像窑姐儿代表着各种类型的嫖客，形形色色，有中年绅士、貌似企业家的男子、做派像艺术家的男子、青年层（这个词儿真滑稽！），他们代表着战时一批醉生梦死、无所作为的人。

某年夏天，从志贺高原旅馆打来电报，原来她身边的一个青年应征入伍了。青年出发前夕，夫人答应了他的一个要求，而这个要求她从未答应过任何其他男人。因为并非为了爱。她知道，唯有在这个时候，那位青年并非需要某一个特定女人，而只需要任何一个普通的女人。她相信自己可以充当这样的女人。这是她和其他一般女子不同的地方。

那青年必须乘早班汽车出发，所以两人天蒙蒙亮就起身了。夫人为那个男子仔细打点行装，他看了十分感动。"从来没有见过夫人这种家庭主妇的样子，"青年想，"只睡了一个晚上，我就改变了她，什么叫'征服'？这就是啊！"

一大早走向战场的人的心情，不可过于认真对待。因为几分感伤和悲怆，看什么都觉得意味深长，这种自信，即便有些轻薄也未尝不可。处于此种状态的青年，可以获得超出中年男子的满足感。

女侍端着咖啡进来。青年送给女侍一张大票子作为酬谢，夫人皱起了眉头。

那男子说道：

"夫人，我忘了，能不能给我一张照片？"

"什么照片？"

"您的照片。"

"干什么用呢？"

"带到战场上去。"

夫人大笑起来，笑声不止。她一边笑，一边打开房门，拂晓的雾气团团涌入室内。

这个小士兵竖起睡衣的领子，打了一个喷嚏。

"好冷啊，请关上！"

笑声使他有几分嗔怒，他用命令的口气说。这回该夫人生气了，她说，开一下门你就感到冷，那怎么行呢？当兵可不能像你这么娇惯。她给他穿好西装，赶他到门口去。面对情绪急剧变坏的夫人，青年惊慌失措起来，哪还敢向她要照片，就连临行前的接吻也遭到了她的拒绝。

"哎，我，可以写信来吗？"

分别时，青年怕送行的人听见，附在夫人的耳畔问。她笑笑，默不作声。

——汽车包裹在雾气里了，夫人沿着朝露瀼瀼的小路走到小池塘的船坞旁边，一条腐朽的小船一半浸在水里。战时，在这个避暑的地方，竟然也有如此令人心情愉快的闲静之处。雾中的芦苇看起来像幽灵，圆圆的小池子变成一个小湖泊。晨光透过迷茫的雾气敏感地映在水面上，看起来犹如空中飘荡着的湖水的幻影。

"不爱他而委身于他。"夫人掠一掠鬓角依然温热的纷乱的头发，"对男人那般优待，对女人怎么就这么苛刻呢？为什么只准许娼妓知道这些呢？"——
具有讽刺意味的是，她发现自己刚才对那位青年突然
涌现憎恶和嘲笑，完全是因为他给了侍女过多小费引
起的。"因为是白白奉送，所以才留下几分精神的残
渣和虚荣心吧？"她又改变了想法，"假如他拿金钱
买我的身体，我一定会更加高高兴兴投进他的怀抱。
这正如前线阵地上的娼妇，全心全意为满足男人最后
的需要作出奉献，这是充满信念的自由的心情！"

她听见耳边有微微的响声，一看，原来芦苇叶
尖上停着众多夜间歇翅的蚊子，成群结队地在她耳边
飞来飞去。这高原上也有蚊子，她感到很奇怪。不过，
这些青灰色的纤弱的蚊子，看来不会吮吸人血的。不
久，成群的蚊子盘旋成圆柱形，悄悄飞升到雾气里了。
夫人这才意识到自己白色的拖鞋有一半浸在水里了。

……这时，她站在湖畔，脑子里一直执拗地沉
浸在战时生活的记忆中。如果单纯的馈赠必须互相当
成爱看待，那就只能认为是对馈赠这种纯粹行为不可
避免的冒渎。每当重复这样的错误，总要品尝一次屈
辱。战争就是被冒渎了的馈赠。战争是一场浩大的血

淋淋的感伤。爱的滥用，亦即互相交心的滥用，对于这个吵吵嚷嚷的世间，她打心底里报以嘲笑。她不顾千人万眼，一身华丽的打扮，品行也越来越不检点。一天晚上，她竟然在帝国饭店的走廊上，和一个被注意的外国人接吻，被人看见了，受到宪兵队的盘问，名字上了报，一时闹得满城风雨。镝木家的信箱里，匿名信一直不断，大多是恐吓信，骂伯爵夫人是卖国贼，甚至有的信恳请夫人自决。

镝木伯爵的罪很轻，他一贯吊儿郎当，加吉因间谍嫌疑接受审查时，他受到的打击要比夫人受到盘问时大得多。不过，这次事件，他没有受到任何牵连。一听说要空袭，他立即带上夫人逃到轻井泽。在那里，他和父亲的一位崇拜者、长野管制区防卫司令长官搭上了关系，叫那人每月送来一次丰厚的军饷。

战争结束时，伯爵梦想着不受任何限制的自由。道德的混乱就像早晨的空气一样张口可得！他陶醉在无秩序之中。可是，这次经济的衰颓猛然从背后夺走了他的自由。

战争时期，信孝无缘无故被推上水产加工协同组合联合会会长的位置，他通过职务之便，成立了一家公司，利用当时还在皮革统制之外的海鳝皮制作手提包。这就是东洋海产股份有限公司。海鳝正式的名称叫鳢鱼，属于喉鳔类，体形似鳗，无鳞，颜色黄褐，有横纹。这种怪鱼体长可达五尺，栖息于近海岩礁间，人一走近，就睁开懒洋洋的眼睛盯着看，同时猛然张开巨口，嘴里长着两排尖锐的牙齿。一天，他让公司的人陪着，去参观沿海那些栖息着许多海鳝的洞穴。他坐在水波飘摇的小船上看了很久，岩石洞里有一只海鳝，向伯爵蓦地张开大口，威吓般地抖动着身子。这只怪鱼令信孝十分满意。

战后，立即撤销了统制，东洋海产的事业走投无路，他改弦更张，转为重点从北海道贩运海带、鲱鱼以及三陆地方的鲍鱼等水产，从中提制中国料理的材料，卖给旅日华侨和对华走私商。一方面，为交纳财产税，他不得已卖掉了镝木家的堂屋，而且，东洋海产面临着资金周转不开的困境。

这时，有一个过去受父亲照顾的姓野崎的人，声称愿意出资表示报恩。只听说他是头山满手下的一个中国浪人，被信孝父亲留在了家里，那时候还是个朴实的少年。此外，他的出身和经历就不清楚了。有的说，他在中国革命时代，搜罗日本炮兵出身的浪人，投入革命军，干着打中一个目标就给一笔大钱的承包工作。有的说，革命后他从哈尔滨向上海走私鸦片，藏在两层底的提包里，交给伙计们去卖。

野崎自任经理，让信孝在会长的位子上远离公司业务，每月支给他十万日元工资。打这时起，东洋海产的实质变得模棱两可、暧昧不清了。信孝向野起学会炒卖美元也是在这个时候。野崎通过占领军的关系为采暖公司和捆包公司签了一些订货合同，将佣金装进私人腰包，有时涂改订单价格，坐收渔利。东洋海产和信孝的名字，被他玩弄于股掌之中。

有一次，正当众多占领军家属回国之时，野崎为某捆包公司拉了一笔订单，遇到当事人某上校的反对而受挫，打算依靠镝木夫妇的社交手腕解决问题。野崎邀请上校夫妇吃饭，他和镝木夫妇一起出面招待。上校夫人因偶染微恙未能出席。

野崎声称有私事到镝木家拜访，第二天就做夫人的工作。夫人说，等和丈夫商量以后再回他话。野崎不由一惊，心想这个无理的请求惹怒了她。然而，夫人却满含微笑。

"不必回话了，要是不行只说声'NO'就可以了。假如惹您生气，我向您赔罪，一笔勾销！"

"我虽说同丈夫商量，可我们家和别的家庭不一样，丈夫肯定会答应的。"

"哎？"

"好吧，交给我了。可要回报的哟。"夫人很实际地带着轻蔑的口气说，"……回报嘛，要是我出马，合同签成了，你把获得的佣金二成分给我。"

野崎瞪大了眼睛，求助般地望着她，也许因为长期在外地混日子的缘故，他的东京话带着奇怪的调子，说道：

"行哪，没问题。"

——当晚，在信孝面前，夫人一本正经地讲述了白天商谈的情况。镝木眯着眼睛听着，然后倏忽扫了夫人一眼，嘴里嘀咕着什么。这种含含糊糊耍滑头的态度使夫人很恼火。信孝看到妻子发怒的面孔，这才打趣地说：

"是因为我未阻挡你，才生气的吧？"

"现在还说这种话！"

夫人知道信孝对这个计划决不会阻止，但要说她希望丈夫出面阻止并因此发怒，倒也不是。她气的是丈夫对这事太迟钝。

丈夫阻止不阻止都一样，她心里自有主张。只是在这个时候，她满怀着连自己都感到吃惊的谦虚心情，想证实一下：同这位名分上的丈夫没有分手的奇怪的情结；还有她内心里难以理解的精神的情结。每当在妻子面前，信孝就懒得动脑筋，这已经成了习惯，所以他没有留意到即使在这种时候，妻子也保持着高贵的表情。决不相信悲惨，这才是高贵的特征。

镝木信孝害怕了，他看妻子像眼看就要爆炸的炸药，特地站起身走过去，将手搭在妻子的肩膀上说：

"对不起，照你喜欢的办吧，这就行了。"

自那以后，妻子开始蔑视他了。

两天后，夫人坐上上校的车子驶往箱根。合同签成了。

也许信孝无意之中上了圈套，抑或那种轻蔑感反而促使镝木夫人成了丈夫的同谋。两口子一直是联手行动，抓住那些做事不考虑后果的冤大头，巧设美人计。桧俊辅就是被害者之一。

同野崎的生意有关系的占领军的一些要人，一个个成了镝木夫人的情夫。这些人常有变动，新来的很快也上了钩。野崎越发对夫人肃然起敬了。

夫人在信里写道：

……可是，自打我见到了你，我的世界为之一变。尽管我的筋肉里有随意肌，但我也有着和普通人一样的不随意肌。你是一座墙壁。对于外敌来说，就是万里长城。你是绝不会爱上我的情人。正因为这样，我才敬慕你，现在还是这样敬慕你。

这样一来，你也许会说，对于我还有一个万里长城。你指的是镝木，对吧？看到那件事，我才明白，过去和他之所以一直没有离婚就是那个原因。但他和你不一样，镝木不漂亮。

从我见到你以后，我断然停止，不再像个娼妓了。镝木和野崎，你一定会想象到，他们如何用欺瞒、哄骗，极力要动摇我的决心吧。但是直到前不久，我根本不听他们那一套，不也过来了？因为镝木有我在，野崎不愿发给镝木工资，镝木来恳求我，说这是最后一锤子买卖，我屈从了，就再做一次娼妓吧。说起我是个盲从家，你一定会取笑我吧？拿到获得的文件那一天，我又偶然看到了那个人。

我收拾一下仅有的一点儿宝石，来到京都。卖掉这些宝石解决生活问题，然后找一份正式的工作。所幸，大伯母答应我可以一直住在这里。

镝木没有我，当然会失业的。他那种人，单靠西服缝纫学校的一点收入是活不下去的。

接连几个晚上，都在做关于你的梦，好想你呀！不过，也许当前还是不见你为好。

你读了这封信，我并不要求你要做些什么。

我不会要你去爱镝木，也不会叫你舍弃镝木转而爱我。我只巴望你自由，你必须是自由的。我为何一心想把你据为己有呢？这就像要把蓝天据为己有一样。我只能说，我爱慕你。什么时候到京都，请一定来一趟鹿谷吧。这座庙紧挨着冷泉寺皇陵的北面。

——悠一看完了信。那种带有讽刺意味的微笑从他的嘴边消失了。出乎意料，他竟然被感动了。

下午三点回到家，就接到了这封信。读完之后，又把重要的地方重新看一遍。青年的面颊泛起了红晕，他的手不由自主地颤抖起来。

青年总是最先为自己的纯朴所感动（这实在是不幸）。自己的感动毫无做作之处，他为此更加感动了。一颗心就像大病初愈的病人一样欢快地跳动着。"我很纯朴！"

他把美丽的涨红的双颊真诚地贴在信纸上，他简直要发狂了，神魂颠倒，如醉如痴。他发觉自己内部尚未苏醒的情感的幼芽开始萌动了。就像一个哲学家，写完一页文字后，先悠悠然抽上一支香烟再说，他故意让自己的情感慢慢苏醒。

桌子上放着父亲的遗物，青铜狮子相抱的座钟。他倾听着自己的心跳和秒针互相应和的声响。不幸的习惯使他养成一有什么感动就立即看看座钟的毛病。他担心这种毛病要持续多久，不过任何快乐不到五分钟就消泯了，这反而使他安下心来。

一种恐惧感使他闭上了眼睛。于是，镝木夫人的面孔浮现出来。这实在是一幅清晰的素描画，没有一条暧昧的线。眼睛、鼻子、嘴唇，不论哪一个部分都能唤起他鲜明的回忆。在蜜月旅行的火车上，看到眼前的康子，他也未曾有过素描一般的联想，不是吗？鲜明的回想，主要来自欲望唤起的力量。他脑子里的夫人的容颜美丽无双，他感到自己平生从未看到过如此姣好的女子。

他睁开眼睛，院子里夕阳照耀着盛开的茶花树，重瓣花朵一片灿烂。他十分沉着地要让有意推迟的情感获得一个名分。光这样还不满足，他不由脱口而出，嘀咕道："我爱她，这是真的。"

有些感情一旦说出口来就立即变成谎言，痛苦的经历已经使悠一养成了这个习惯。他打算让自己崭新的感情接受一场辛辣的考验。

"我爱她，已经不再是假。我的力量已经无法否认我的感情，因为我爱女人！"

他不想对自己的感情细加分析了。他毫不经意地将想象和欲望相混淆，使追忆和希望相融合，他感到欣喜若狂。他要把那些分析癖、意识、固定观念、宿命、谛念等乌七八糟的东西，一概骂倒，通通埋葬！众所周知，通常我们把这些称作现代病的各类症状。

悠一在这种无可名状的感情的风暴中，蓦然想起俊辅的名字来，这难道是偶然的吗？

"是啊，早就该见见桧先生了。对他敞开心怀，听听我恋爱的喜悦，再没有比那老爷子更合适的人了。为什么呢？向他来个唐突的坦白，显示一下喜悦的心情，同时也是对老爷子阴谋诡计的严厉的报复。"

他急忙到走廊上打电话，途中碰到从厨房出来的康子。

"干吗这样着急呀？好像有什么喜事似的。"——

康子说。

"你懂什么!"

悠一喜不自胜,语调里带着平时从未有过的冷酷。悠一爱夫人,不爱康子,他认为,没有比这种感情更自然、更光明正大的了。

俊辅在家,他们相约于罗登见面。

*

悠一双手插在外套口袋里,像一个潜藏的流氓犯,踢着石子,踏着脚步等电车。一些不守规矩的自行车打他旁边擦身而过,他以欢快而尖锐的口哨声回报他们。

都电落后于时代的迟缓和摇动,很合乎爱幻想的乘客的心意。悠一和寻常一样靠着窗户。他望着窗外早春时节渐渐昏暗的街道,沉浸在梦幻之中。

他觉得自己的想象就像飞速旋转的陀螺一样,为了不倒下就得继续旋转下去。一旦松缓下来能否再加一把力呢?最初使之旋转的力量一旦耗尽,不就完

了吗？原来使自己高兴的原因只有一条，这使他感到
不安。

"现在看来，我肯定打一开始就爱上镝木夫人
了。"他想，"要是这样，那么在洛阳饭店为什么老
躲着她呢？"——这种反思里有着令他惶悚不安的因
素。青年立即为这种恐惧和畏怯而深感自责。他在洛
阳饭店处处避开夫人，全是因为自己胆小造成的。

罗登里还不见俊辅到来。

悠一从来没有这般焦急地等待过老作家。他的
手好几次触到口袋里的信，摸着这信就会起到护身
符的作用。他感到自己一直精神抖擞地等着俊辅的
到来。

或许是等得太焦躁了吧，他看到今晚俊辅推开
罗登的大门走进来时，多少带着威风凛凛的样子。他
穿着一件短袖外套，里面是和服。这身打扮同他最近
喜欢的时髦很不一样。俊辅先和每个桌子上的少年亲
切打招呼，然后才来到悠一身旁的椅子上坐下。悠一
感到十分惊讶，看来最近一个时期，这店里的少年都
受到过俊辅的款待。

"啊，好久不见啦！"

俊辅兴高采烈地伸出手来握手，悠一有些支支吾吾。于是，俊辅若无其事地问道：

"听说镝木夫人出走了？"

"您知道啦？"

"镝木有些惊慌失措，到我那里找我商量怎么办，他把我当成算命先生了。"

"镝木先生他……"悠一欲言又止，狡黠地笑了笑。他像一个恶作剧的少年，背叛自己心中的热望，展现了一副清净而诡秘的微笑。

"……说是什么原因了没有？"

"他好像一切都瞒着我，所以没说。不过，大致可能因为他和你亲昵的场面，被夫人看到了。"

"猜得真准啊！"悠一吃惊地说。

"一切都不出我的预想。"老作家心满意足，他一个劲儿地咳嗽，真是有些扫兴。于是，悠一就给他揉揉背，百般呵护。

咳嗽止住了，俊辅满脸通红，眼睛润湿，又向悠一问道：

"还有呢？……到底怎么回事？"

青年掏出那封厚厚的信，俊辅架起眼镜，迅速数了数信纸的页数。"十五张！"他愤怒地说。接着，他重新坐正，读起信来，里面的和服发出沙啦沙啦的摩擦声。

虽说是夫人的信，但对于悠一来说，犹如老师当面读着他的考卷答案一样。他变得有些灰心丧气、疑神疑鬼。他想赶快熬过这段刑罚的时间。所幸，读惯了原稿的俊辅，阅读的速度不比年轻人差。但是，凡是他自己动情阅读过的地方，俊辅都毫无表情地滑过去了。悠一对自己该不该那般激动产生了怀疑，他为此十分不安。

"好信哪！"俊辅摘掉眼镜，一边在手里把玩着，一边说，"女人确实没有什么才干，但有时候会使出另一手来，这就是很好的证据。就是说，她们凭执着。"

"我想听先生说的，不是评论。"

"我这不叫评论。对于这种漂亮的做法不需要评论。比如说，你对漂亮的秃头、漂亮的盲肠炎、漂亮的练马产萝卜，能加以评论吗？"

"但我很受感动。"青年哀告似的申诉着。

"感动？这倒让人惊讶。写一张贺年片，也想求得对方的感动。要是不在意，有什么东西感动了你，那么这样的信就是最低级的形式。"

"……不对。我明白了。我明白我是爱镝木夫人的。"

听到这话，俊辅大笑起来，他的笑声使店里的人都转过头来。阵阵笑声一次次涌上喉咙管，喝了口水，呛住了，接着还是大笑不止。这笑声越来越像黏胶粘在了身上，揭也揭不掉。

第二十章　妻祸即夫祸

　　俊辅的狂笑里既没有嘲骂，也不含爽朗，更没有一丁点儿感动的意思。这是彻头彻尾的大笑，好比体育比赛或器械体操一般的笑。眼下，这可以说是老作家能够表现的唯一的行为。与咳嗽的发作或神经痛不同，至少这狂笑不是被迫为之的。

　　悠一听着俊辅的狂笑，也许没有遭受嘲弄的感觉，但对桧俊辅来说，这种抑制不住的笑声，使他切身感到他和这个世界是联成一体的。

　　笑杀一切，一笑置之，由此，世界才会出现在他的面前。他的拿手好戏——嫉妒和憎恶，即使可以在悠一身上借尸还魂，但只是促进作品创作的动力。他的笑声具有这样的力量：使得他的存在和这个世界多少有些关联，使得他的眼睛能够瞥见地球背面的蓝天。

以前，俊辅到沓挂旅行，曾经遇上浅间山喷火。深夜，旅馆的窗玻璃纤细地震颤起来，工作劳累的他从浅浅的睡眠中惊醒了。每半分钟就有一次小爆发。他起来眺望火山口，听不见太大的声音，但山顶传来微微的轰鸣，紧接着，腾起红红的火粉，俊辅感觉就像翻滚的海浪。飞上天空的火粉轻柔地散开来，有一半重新沉落在火山口里，另一半变成暗红色的烟雾，在空中飘荡。看上去，周围宛如升起一片灿烂的晚霞。

永无止境的火山的爆笑只在远方微微轰鸣。但是，俊辅心里不时泛起的感情，好比火山哄笑中的一种隐喻。

打从屈辱的青年时代起，他好几次激起过这种情绪。就像单身旅行途中，半夜里独自跑下微明的山岭，他心里泛起的情绪，正是对这个世界的怜悯之情。那时，他把自己当作艺术家，认为这样的情绪是为"精神"所容许的一种额外收益，他相信精神自有难于预测的高度和戏剧性的休憩，犹如呼吸清新的空气一样，他尽情品尝了这种情绪的馨香。就像登山者惊叹自己的影像变成巨人的影像一样，他确确实实为精神所容许的巨大情绪所震动。

这种情绪叫什么？俊辅没有加以命名，只是一味笑着。他的笑声的确缺少敬意，甚至也缺少对他自身的敬意。

而且，当通过笑声同世界发生关联时，由这种怜悯产生的共同意识，使他的心越发接近可以称作人类之爱的虚假情爱的极致。

——俊辅终于笑完了，他从怀里掏出手帕擦眼泪。衰老的下眼睑沾满泪水，像苔藓一样叠起了皱纹。

"什么感动！什么爱！"他激情满怀，"这些究竟是些什么玩意儿呢？感动这东西，就像一个漂亮的妻子，弄不好就出岔子。所以，这玩意儿总是勾引那些下作的男人的心。

"你别生气，阿悠。我不是说你就是下作的男人。你现在正处于向往感动的状态之中。你的纯洁无垢的心时时渴望感动，这是一种单纯的疾病。你就像一个长大了的少年为爱而爱一样，只不过是为感动而感动罢了。固定观念治好了，你的感动自然也就烟消云散了。你也很清楚，这世界除了肉感没有其他的感动。任何思想和观念，没有肉感就无法感动人。人明明为思想的耻部所感动，却偏要像一个装腔作势的绅士，硬说是为思想的帽子所感动。不如干脆丢掉'感动'这个暧昧的词为好。

"好像故意使坏似的，那就分析一下你说的话吧。你先是说你很感动，接着又说你是爱镝木夫人的。你为何要把这两者硬凑在一起呢？其实你心里很明白，不带肉感的感动是没有的。所以，你才急忙加上'爱'这个附言。于是，你就用爱代表了肉感。这一点，你不否认吧？镝木夫人到了京都，关于肉感的问题可以放心了。于是，你开始原谅了自己对她的爱，对吗？"

悠一不再像从前那样轻易屈服于这样的唠叨了。他的眼睛含着深沉的忧郁，仔细凝视着俊辅情绪的动态，学会了将他的每句话一一剥开来，认真加以品味的本领。

"说了半天，不知为什么，"青年开口了，"先生谈到肉感时，在我听起来比世人谈到理性还要冷酷。我读信时的感动，远比您说的肉感更使我热血沸腾。这个世界，难道真的除了肉感，其他的感动都是谎言吗？要是这样的话，肉感不也是谎言吗？难道一个人对某种人事的态度，缺乏欲望才算真实，瞬间的充实就是虚幻吗？这个，我怎么也想不通。把自己打扮成叫花子，张着口袋求人施舍，人家给一点，马上藏起来，永无餍足，我讨厌这样的生活方式。我时时想挺身而出，不管怎样虚假的思想，不管多么带有盲目性，我都不在乎。高中时代，我经常参加跳高、跳水比赛，向空中一跃而起，那才真叫痛快啊！我想，那一瞬一秒，我可是停留在天上了啊！运动场上绿草如茵，游泳池里碧波荡漾，这些设施一直陪伴在我身旁。如今，我的周围没有一点绿色。然而，哪怕是为了虚假的思想，也没有关系。例如，一个欺骗自己应募加入志愿军、立下赫赫战功的人，他的行为不会因为战功而改变。"

"哎呀呀，你也真够享受的啊！你过去不相信自己会有什么感动，你为此而感到痛苦非常。因此，我教你如何体味无感动的幸福。现在你又想回到不幸吗？和你的相貌一样，你的不幸不是已经完美无缺了吗？过去我从未对你如此露骨地说过，其实你应该明白，你之所以能使众多女人和男人陆续陷入不幸，并非只靠你的美貌，而是仰仗你自身不幸的天分所产生的无敌的力量！"

"说得对。"青年眼里的阴郁更加深沉了，"先生您终于这样说了。先生的教训因而也完全变得更寻常了。您是教育我只能盯着自己的不幸而活着，没有逃脱不幸的路子可走。不过，先生从前真的从未感动过吗？"

"你是指肉感以外的感动喽？"

接着，青年又半开玩笑地问道：

"那么……去年夏天在海边初次见面时也没有吗？"

俊辅愕然。

他想起夏天酷烈的阳光、青碧的海水、一道波纹、扑打耳朵的海风……是如何地感动了他，使他想起希腊式的幻影，想起了伯罗奔尼撒派青铜像的幻影。

那其中，果真没有一点儿肉感或肉感的预兆吗？

打那时候起，一生同思想无缘而活着的俊辅开始怀有思想了，那思想之中果真不含肉感吗？过去老作家不断的怀疑正是与此有关系。悠一的话触到了俊辅的痛处。

罗登的音乐唱片这时中断了。店面萧条，老板不知到哪里去了。来来往往的汽车警笛声在店堂里回荡，令人心烦。街上亮起了霓虹灯，一个平庸的夜晚开始了。

俊辅无意之间想起自己写的小说里的一个场面：

他站住，望着那棵杉树。树干很高，树龄也老了。阴霾的天空，一角被撕开了，落下一道瀑布般的亮光，照耀着杉树。然而，这光亮无论怎样都无法进入杉树的内部，只能无可奈何地穿过杉树周围，散落在布满苔藓的土地上……这棵拒绝光亮、参天生长的杉树的意志，使他产生了异样的感慨。黯然无色的生命的意志，泰然而立，似乎带着传达给上天的使命。

他又联想到刚才读过的镝木夫人信里的一段话：

> 你是一座墙壁。对于外敌来说，就是万里
> 长城。你是绝不会爱上我的情人。正因为这样，
> 我才敬慕你，现在还是这样敬慕你。

……俊辅从悠一轻轻张开的嘴唇里，看到了长城一般排列整齐的牙齿。

"我不是从这位美青年身上感受到肉感了吗？"想到这里，他有些悚然，"否则，心里就不会有这么多锥心的感动。我似乎也不知不觉抱有欲望了。这是不该有的啊！我爱上了这位青年的肉体哩！"

老人微微摇着头。毋庸置疑，他的思想里孕育着肉感。这思想开始获得了力量。俊辅忘记了死人之身，他也在爱着了。

俊辅的心蓦地变得谦虚了。他的目光不再带有傲岸的神色，缩一缩外套，仿佛收束一下羽翅。他再次凝神眺望悠一那双茫然无所顾的爽利的眼眉，青春

就在那里放散着芬芳。"我要是怀着肉感爱上了这位青年，"——他想，"到这般年纪还会有这个不该有的发现，那么，悠一怀着肉感爱上镝木夫人又有什么奇怪呢？"

"可也是啊，说不定你真的爱上了镝木夫人。听你的口气，我也有这样的看法。"

俊辅连自己都弄不明白，他为何要怀着极大的痛苦说出这番话来。这等于从他身上扒下一层皮。他很嫉妒。

俊辅是教育家，如今稍稍坦诚了，所以他才这么说。青年们的导师熟知他们的年轻，说同样的话，要考虑相反的效果。悠一果然有了逆转，变得纯朴了，他现在反而有勇气，不借助他人，也能正视自己的内心了。

"不，没有这回事，我仍然不可能爱上镝木夫人。是的，我也许对夫人所爱的第二个我——这个世界上独一无二的美青年抱有热恋之情吧。那封信确实有一种魔力，不论谁，只要接到这封信，很难想象这信是寄给自己的。我绝不是那喀索斯。"他傲慢地辩解着，"假如我是个狂妄的人，那么就会把信中的对象和自己等同起来。可我并不狂妄，所以我只喜欢'阿悠'。"

这种反省的结果，使悠一对俊辅有了几分斑驳的亲切感。因为在这一瞬间，俊辅和悠一都爱着同一个人。"你喜欢我，我也喜欢我。我们相好吧！"——这是利己主义者爱情的公理，同时也是相亲相爱唯一的事例。

"不，没有这么回事。我明白了，我根本不会爱上镝木夫人。"

悠一这么一说，俊辅脸上溢满了喜悦之色。

恋情这个东西，有很长的潜伏期，这一点颇像伤寒病。潜伏期的种种不适，在发病之后，才会清楚地表现出征兆来。其结果，发病者能体会到，全世界的问题，无不可用伤寒病的病因加以解释。战争爆发了。他一边喘息一边说：这是伤寒病。哲学家为解决世界之苦而伤脑筋，他一边发高烧一边说：这是伤寒病。

　　桧俊辅一旦意识到自己喜欢上悠一，他发现，所有一切抒情式的嗟叹都找到了共同的根源：一次次锥心的嫉妒；天天盼着悠一的电话过日子；那种不可思议的受挫的伤痛；因悠一久无信讯，决心到京都旅行的悲哀；还有那京都之旅的兴奋，等等。然而，这种发现是很不吉利的，如果认为这就是恋情，那么对照俊辅一生的经历便知：挫折必至，希望全无。必须等待时机，能忍则忍。——这位毫无自信的老人告诫自己。

　　从禁锢自己的固定观念中解脱出来，悠一又找回俊辅这个可以随意吐露心事的对象。他稍稍作了良心上的悔过，说：

　　"刚才，先生似乎知道了我和镝木先生的事，我好生奇怪。我本来不打算告诉先生的。那么您是从什么时候，通过何种方式知道这些的呢？"

　　"在京都的饭店里，镝木去找烟盒的时候。"

　　"那时候就……"

　　"好了好了，再问下去也没多大意思，还是考虑接到这封信应该怎么对付她吧。不管你举出多少理由加以辩解，你都必须想到，那个女人之所以没有自杀，是因为她对你缺乏敬意。她这个罪孽要受到报复。你呀，决不能给她回信，而且要站在第三者立场，劝他们夫妻言归于好。"

"镝木先生呢？"

"把这信给他看。"俊辅想尽量直截了当一些，他很不高兴地添了一句，"还要向他明确表示绝交。伯爵失望了，他无路可走，就会去京都。这样一来，镝木夫人的痛苦也就圆满完成了。"

"我也正这么想来着。"青年受到怂恿，鼓足了作恶的勇气，快活地说道，"可是有个问题，镝木先生手头拮据，我要是放置不管……"

"这种事也要你来管？"看到悠一言听计从，俊辅暗暗高兴起来，加重语气说，"假若你靠着镝木的金钱才有了自由，那是另一回事。否则，管他有钱没钱，和你有什么关系？不论如何，从这个月起你也领不到工资了。"

"上个月工资，最近才好容易拿到。"

"你瞧，就这样，你还喜欢镝木？"

"笑话！"悠一的矜持受到伤害，几乎叫起来，"我只是委身于他罢了。"

这种心理上不明不白的回答，突然使得俊辅心情有些沉重。他想，赠给这位青年五十万元，并由此使他变得柔顺起来。有了这种经济上的关系，悠一说不定也会出乎意料轻易委身于自己吧？他为此而感到恐惧。再说，悠一的性格也是个谜。

不仅如此，重新考虑一下刚才的计划以及悠一对这个计划的共鸣，也使他感到不安。因为他在这个计划里留下了一手，俊辅一开始就想通过这个计划恣意妄为……"我就像一个醋意大发的妒妇一样欲罢不能。"——现在，他很爱作这种令人甚感不快的反省。

……这时，罗登进来一个衣着时髦的绅士。

年龄五十岁光景，无须，戴着金丝眼镜，蒜头鼻子，旁边有一颗小黑痣。长着一副德国人的四方脸，气派又傲慢。他紧缩着下巴颏，目光非常冷峻，鼻子下面的沟线很明显，更加给人一种凛凛然难于接近的印象。他的整个脸型天生地不向下俯视，脸上有着远近透视法，顽健的前额构成巍峨的背景。唯一的缺陷是，右半边脸有轻微的面神经麻痹。他站住扫视了一下店内，眼睑下面一阵闪电般的痉挛。过了这一瞬间，整个脸孔又恢复了常态，宛如刹那之间有什么东西从天空掠过。

他的目光和俊辅的目光碰到了一起，这时，猝然闪过一丝困惑的云翳。看来无法躲过了，他亲切地微笑着，说道："啊，是先生。"他表面上的好人形象，是专门做给圈内人看的。

俊辅指了指自己身边的椅子，让他坐下。那人一眼看到面前的悠一，虽然和俊辅说着话，眼睛却始终不离开悠一。他的面神经麻痹，每隔几十秒就发作一次，给了悠一不少震惊。俊辅感觉到这一点，于是介绍说：

"这位是河田先生，河田汽车公司经理，我的老朋友。这是我的外甥南悠一。"

河田弥一郎，九州萨摩人，最初振兴日本国产汽车事业的老河田弥一郎的亲生儿子。他是个不肖之子，立志当小说家，当时俊辅在K大学讲授法国文学，河田进入该大学预科学习。俊辅读过他的习作原稿，看不出有什么才能，他本人也感到绝望。父亲乘机送他到美国普林斯顿大学专攻经济学，毕业后又送到德国，学习汽车制造业。回来后，弥一郎全变了，他成了一位实干家。战后，他一直没有发迹，父亲被解职后，他当上经理。父亲死后，他发挥了超越乃父的才能。由于禁止制造大轿车，他立即转而制造小轿车，并以亚洲各国为主搞出口贸易。他在横须贺设立一家子公司，一手承包吉普车的修理业务，获得了莫大利益。自从就任经理以来，通过一件偶然的事，他同俊辅重温旧谊。俊辅盛大的还历祝寿宴会，就是河田张罗的。

罗登的奇遇只是无言的告白，所以谁也不涉及那个不言而喻的话题。河田请俊辅吃饭，说定了，他就掏出笔记本，把眼镜推上额头，从每天的安排中寻找空闲时间，就像在一部大字典里搜索自己作了记号的一页，而这一页又偏偏被他忘记。

他好不容易找到了。

"下周星期五六点，只有这时候有空。这天已经决定召开的会顺延。这个时间可以吗？"

街角上停着一辆轿车，这种繁忙的人却还有闲空到罗登来。俊辅答应下来了。河田出乎意料地又附加了一项要求。

"今井町'黑羽'的鹰匠料理怎么样？令甥当然也一道来吧，时间方便吗？"

"哎。"悠一漠然地回答。

"那我就订三个人一桌的吧。回头再打电话，可不要忘记了。"接着，他匆忙看了看表，"好，我告辞啦，没能和先生好好聊聊天，真遗憾，改天再见吧。"

这位阔佬十分悠然地出去了，给他们两人留下了瞬间即逝的印象。

俊辅闷闷不乐，没有作声，只觉得刹那间眼前像受了一场侮辱，他没等悠一问起，就讲了一通河田的经历，把大衣弄得窸窸窣窣响，站了起来。

"先生要去哪里？"

俊辅想单独待一会儿，一小时之后，他还要去参加一个充满陈腐气的翰林院同僚的午餐会。

"有个聚会，我要参加。下周星期五五点前你到我家来，河田会开车顺路来接我们的。"

悠一看着俊辅从那件复杂的外套里伸出手来和他相握。那堆积着厚重的黑呢子的袖口，露出来一只布满青筋的衰老的手，仿佛满含羞愧之色，假如悠一故意使点儿坏，他可以对这只可怜兮兮的奴隶般卑屈的手视而不见。不过，他还是握住了这只手。老人的手微微战栗着。

"好吧，再见。"

"今天太感谢您了。"

"我吗？……对我还客气什么？"

——俊辅回去之后，青年打电话问候镝木信孝的近况。

"什么？她来信啦？"对方提高嗓门问道，"不，你不要来我家，我去找你。还没吃晚饭吧？"——他举出一家饭馆的名字。

*

等着上菜的时候，镝木信孝贪婪地读着妻子的信，汤来了，他还没有看完。等他读完信，凉透了的汤碗底里，沉淀着模糊不清的通心面的碎片。

信孝没有看悠一的脸，他喝汤时眼睛看着别处。这个可怜的处境困窘的人，像只无头苍蝇到处寻求同情，又找不到对他寄予同情的对象，说不定平素的快乐就要破灭，就像一勺汤泼到了膝盖上，弄得鸡飞蛋打。悠一带着好奇心想看他的笑话，可是他到底没有把那汤碗打翻。

"真可怜……"信孝放下汤匙，自言自语，"……可怜啊……没有比她更可怜的女人啦！"

信孝对感情的过度夸张，哪怕每一个微小的细节都触动了悠一的心思。怎么说呢，从悠一对镝木夫人一种道德上的关心来看，这也是很自然的。

信孝一次次重复着"可怜的女人……可怜的女人……"——他试图亮出妻子来，绕着弯子为自己招来同情。他看到悠一一直装作若无其事的样子，实在忍不下去了。

"都是我不好，不怪别人。"

"是吗？"

"阿悠，你还是人吗？你对我这么冷酷，你连我无辜的妻子都……"

"这可不是我的错啊！"

伯爵把平目鱼的鱼刺仔细堆在盘子一边，沉默了。不一会儿，他哭诉起来：

"……这倒也是，我一切都完啦！"

这时，悠一再也看不下去了。这位老练的中年男色家缺乏率直，显得十分愚蠢。他现在所表演的丑态比起率直的丑态还要丑十多倍。他努力想把丑态打扮得看起来很崇高。

悠一看看周围桌子上热闹的情景。一对装模作样的美国青年男女，面对面在吃饭。他们不太说话，也不笑。女的低声打着喷嚏，赶快拿起餐巾捂住嘴，道了声"Excuse me"（对不起）。还有一群看来是刚刚做完法事回来的日本人亲友，围着一张大圆桌，互相说着故人的坏话，放声大笑。那位身材肥胖的寡妇，穿灰蓝色丧服，满手戴着戒指，年龄五十上下，她的声音最刺耳。

"丈夫给我买了钻戒，一共七枚。我偷偷卖了四枚，换成玻璃的。战争期间开展募捐运动时，我撒谎说那四枚叫我捐掉啦！所以呀，就剩下这三枚真货啦！（她张开两手，让大家看手背）我丈夫还夸我，说我很有心眼儿，没有全部登记上报，真了不得！"

"哈哈，你丈夫全被你给蒙在鼓里啦！"

……只有悠一和信孝这张桌子显得十分冷清，仿佛成了他们两个人的孤立小岛。花瓶、刀叉和汤匙等金属制品，发出惨淡的寒光。悠一怀疑自己对于信孝的憎恶，不单单因为都是同类。

"帮我跑一趟京都吧？"

信孝突然说道。

"干什么？"

"还问这个，只有你才能把她领回来嘛！"

"您想利用我？"

"什么利用？"蒲柏故作姿态的嘴唇露出了苦笑，"干吗给我来这一套呀，阿悠。"

　　"这不行。我就是去，夫人也决不会再回到东京来。"

　　"你怎么能说得这样肯定？"

　　"因为我最了解夫人这个人。"

　　"这倒叫我吃惊，我们可是二十年的夫妻啦。"

　　"我和夫人交往虽然只有半年，可我自信比会长更熟悉夫人的为人。"

　　"你想对我扮演情敌的角色吗？"

　　"嗯，也许是。"

　　"没想到，你……"

　　"放心，我讨厌女人。不过会长，到这会儿，你还想摆出是她丈夫的架势吗？"

　　"阿悠！"他发出令人可厌的撒娇一般的叫声，"别争了，我求你啦！"

　　接着，两人默默吃完了饭。悠一多少打错了主意，就像一个用呵斥鼓励病人的外科医生，他抱着一副好心肠，在决定分手之前，想使对方断念，以便减轻他一些苦恼，用这种冷淡的态度一定能赢得相反的效果。谁知不然，要想这样，就必须对信孝撒娇妥协，百般逢迎。蒲柏所爱的是悠一精神的残酷，越是让他看到这一点，越是能刺激他愉快的想象力，使得他一往情深，不可自拔。

走出饭馆，信孝悄悄挽起悠一的胳膊，这虽然显得有些轻佻，但悠一也只得随他了。这时，一对青年情侣手拉手交肩而过，学生打扮的男子，对着女伴的耳朵低声说：

"看，一定是同性恋。"

"呀，好恶心！"

悠一的面颊泛起羞愧和愤怒的红潮，他甩开信孝的膀子，将两手插入大衣口袋。信孝也不感到意外，他已经习惯这类动作了。

"这帮家伙！这帮混蛋！"美青年咬牙切齿，"住进三百五十日元的旅馆，公开地鬼混私通吧，混蛋！弄得好去营造个老鼠窝一样的爱巢吧，混蛋！睡眼蒙眬多多生些孩子吧，混蛋！星期天带孩子去逛大甩卖的百货店吧，混蛋！一辈子去搞一两次廉价的偷情求欢吧，混蛋！直到死都去贩卖健全的家庭、健全的道德、良知和自我满足吧，混蛋！"

　　然而，胜利总在凡庸一边。悠一知道，他自己满腔的轻蔑，敌不过他们自然的轻蔑。

　　为了祝贺妻子还活着，镝木信孝邀请悠一去夜总会喝一杯。看看还早，两人就到电影院里消磨时间。

　　电影是美国的西部片。黄褐色的秃山之间，一个骑马的汉子被一群骑马的恶人追赶，主人公通过近道达到山顶，从岩石缝里狙击敌人。被击中的恶人从山坡上滚落下去。对面，仙人掌林立的天空，闪耀着悲剧的云……两个人沉默着，微微张着嘴，全神贯注盯着眼前毫无疑惑的行为世界。

　　出了影院，春天晚间十点以后的大街寒意袭人。信孝叫住一辆出租车，要司机开到日本桥。今晚，日本桥著名文具店地下室里，举行夜总会挂牌开业祝贺酒会，这家夜总会将营业到凌晨四点。

　　经理穿着晚礼服，站在接待室迎接客人，和他们交谈。到那里之后，悠一才发现，信孝原来同经理很熟，今夜是应邀来畅饮一番的。今晚的酒会不必花钱。

这是所谓名士的大集合。信孝散发的东洋海产的名片使悠一有些提心吊胆。有画家，有文人。他想，俊辅的那个会莫非就在这里？当然，这里是看不到他的。音乐一直喧闹着，许多人跳起舞来。为开店招徕的女子，身穿崭新的服装，跃跃欲试。山乡旅店风格的室内装饰，同她们身上的晚礼服显得很不协调。

"干脆喝个通宵吧。"和悠一一起跳舞的美女说，"听说你是那个人的秘书？管他呢，什么会长呀，一副傲慢的样子。住到我那儿，一觉睡到中午，给你煎个荷包蛋。你是阔少，来个炒鸡蛋，好吗？"

"我喜欢吃肉蛋卷呢。"

"肉蛋卷？哦，你好可爱啊。"

醉意朦胧的女子，和悠一接了个吻。

回到座席，信孝准备了两杯杜松子酒，他说道：

"来，干杯！"

"为什么？"

"为镝木夫人的健康，怎么样？"

这种意味深长的干杯引起女人们的好奇与猜测。

悠一盯着杯子里随碎冰一起漂浮的柠檬，切成的圆圆的薄片儿上，似乎缠络着一根女人的头发。他闭上眼一口喝干了，他把那当作镝木夫人的头发。

镝木信孝和悠一从那里出来是凌晨一点。信孝想叫出租车，悠一没有理睬，大踏步走了。"不要使小性儿嘛。"爱他的人想。他知道，这个人到头来总要和他一起上床的，否则也不会跟他一起到这儿来。妻子不在，带那小子到家里睡，不是万无一失吗？

悠一头也不回，快步直奔日本桥岔路口，信孝紧追不舍，痛苦地喘息着。

"到哪儿去？"

"回家。"

"不要太任性嘛。"

"我有家庭。"

身边开来一辆车子，信孝拦住，打开车门，拉悠一的胳膊。论力气，青年比他强，悠一甩开他，远远地说："你一个人回去好了。"两个人互相对峙着，信孝死心了，冲着嘀嘀咕咕的司机的鼻尖儿，关上了车门。

"那么就边走边聊吧，走段路可以醒醒酒。"

"我也有话要说。"

爱他的人心中忐忑不安起来。两个人沿着夜间无人的马路，脚步响亮地走了一阵子。

电车道上夹杂着来往飞驰而过的汽车。进入一条后街，充满这里的是夜阑都市中心令人窒息的寂静。两人无意中走到 N 银行的背后，这一带，一排排圆球形的街灯光明耀眼，高高耸立的银行大楼，投射着颀长硕大的暗影，轮廓清晰。除了值夜班的之外，住在城里的人都走了，剩下的只有井然有序堆积起来的石头。所有的窗户都锁着铁栅栏，黯淡无光。阴霾的夜空，远雷殷殷，电光闪闪，微微照亮了毗邻银行大楼的一列圆柱。

"你要说什么？"

"想同你分手。"

信孝没有回答，好大一会儿，只有脚步声震动着宽阔的路面。

"干吗要这样急？"

"到时候啦。"

"是你一时想起来的？"

"是从客观考虑的。"

"客观"这个词儿有些孩子气，把信孝逗笑了。

"我可不想分手。"

"随你的便，我不会再见你。"

"……我说，阿悠，自从和你认识，我这个情场老手一次也没有再敢去偷腥。我只为你而活着，寒夜里你胸前出现的荨麻疹，你的声音，你在 gay party 黎明时分的睡姿，你的发香，所有这些一旦化为乌有……"

"你干脆去买一瓶相同牌子的发油，天天闻一下不就得啦！"

他在心里嘀咕着，信孝用肩膀抵住他的肩膀，悠一感到很厌烦。

抬眼一看，他们面前有一条河。几只系在一起的小船，不断传来沉闷的声响。对面桥上，汽车的头灯交相辉映，投下巨大的暗影。

两个人又转回头走着，信孝十分兴奋，喋喋不休。他的脚绊着了什么东西，发出轻微的响声，原来是百货店春季大甩卖时装饰的一枝假樱花，纸制的花瓣沙沙作响。

"你真想分手？是真心？阿悠，我们的友情难道真的了结了吗？"

"什么友情？奇怪。友情有必要一起上床吗？今后要是只做朋友，还可以相处下去。"

"…………"

"看，这样你不行吧？"

"……阿悠，求你啦，可不要把我一个人丢下不管啊……"——他们走进黑暗的后街，"……不管怎样，都依着你好啦。要我干什么都成。在这里你叫我亲吻你的皮鞋，我也干。"

"不要做戏啦！"

"不是做戏，是真的，不是玩笑。"

看来，只有在这种大型戏剧里，信孝这个人才会吐露真心。他来到拉上铁栅栏的点心铺前面，跪在马路上，抱起悠一的脚，在他鞋子上亲吻起来，鞋油的气味使他恍惚欲醉了。他又吻了他沾满一层薄薄灰土的脚趾，然后解开外套纽扣，想吻一吻青年的裤子。蒲柏将手箍住悠一的小腿，悠一弯下腰用力掰开那双手。

一种恐怖攫住了青年，他跑了起来。信孝再也不追他了。

他站起来，掸掸灰土，掏出白手绢擦拭嘴唇。手绢上蹭满了鞋油的墨迹。信孝又回到了平时的信孝。他照例像上了发条似的，一步一停地迈开了四方步。

悠一在大街的一角叫住一辆出租车，他的身影显得很小。车子开走了，镝木伯爵想一个人走到天亮。他在心里没有呼唤悠一的名字，而是呼唤着夫人的名字，只有她才是他的伙伴。她既然是他恶行的伙伴，也就是他灾祸、绝望和悲叹的伙伴。他决定一个人去京都。

第二十一章　年老的中太

这时节，真正的春天到来了，雨水很多，但晴天的时候很和暖。有一天突然很冷，下了一个多小时的微雪。

河田在鹰匠町宴请俊辅和悠一的日子临近了，俊辅一天比一天烦恼起来，桧家的女佣和书童都不知如何是好，连那位临时叫来准备夜宴的崇拜自己的厨师，也摸不着头脑。往常，客人走了之后，俊辅总要不忘亲切地夸奖几句，说他菜做得好吃，和他喝上几杯，算是犒劳，可这阵子，却一句话也没有，一个人径自回到楼上的书斋里去。

镝木来了。他去京都前来打个招呼，顺便托他把一份礼物交给悠一。俊辅敷衍了几句，将他打发走了。

俊辅给河田打电话，再三想拒绝他，可是不行。
为何不行，俊辅自己也不知道。

"我只是委身于他。"

悠一这句话一直追逼着俊辅。

头天晚上，俊辅彻夜写作。深夜，身子疲倦了，
在书斋一角的小床上躺下来。他蜷曲着衰老的双膝想
睡一下，突然一阵剧痛袭来。近来，因为右膝的神经
痛频繁发作，他要吃药才行。镇痛药 Pavinal，就是
粉末状的吗啡。他喝了床头柜上水壶的水，冲服下去。
疼痛止住了，眼睛清醒，再也不能入睡了。

他起来，又坐到了桌边。一度熄灭的煤气炉再
次点上火。桌子是奇怪的家具，小说家一旦伏案，便
被神奇的臂膀所占有和控制，再也不容易脱身。

最近，俊辅像鲜花重放一般多少恢复了一些创
作的灵感。他写了两三篇充满鬼气灵氛的短篇小说。
这些都是《太平记》时代的再现，诸如枭首、火烧寺
院、般若院的童子神托以及大德志贺寺上人对京极御
息所的爱情等，都是模仿阿拉伯艺术中的人物故事写
作的。他有一长篇随笔，题目是《春天断想》，回到

古代神乐歌的世界，叙述一个男子将总角[1]让给别人，因而愁肠百结的故事，类似古代希腊"伊奥尼亚的忧愁"。这部作品就像恩培多克勒的《灾祸牧场》，受到反现实社会舆论的支持。

……俊辅放下笔，被一种不快的妄想所威胁。"我为何要袖手旁观？为何……"老作家想，"我到了这把年纪还要卑屈地扮演一名'中太'吗？为何不打个电话拒绝他呢？再说，当时悠一曾答应自己要这样对待他。不仅如此，现在镝木和悠一已经分手了……结果，悠一不属于任何人，这对我来说很可怕……这样一来，我该怎么办？不，我不行，我绝对不行。照照镜子更觉得自己不行……再说……作品绝不属于作者自己。"

远近传来鸡鸣，声音很尖利，群鸡口里的红色，仿佛从拂晓之中渐次显现了。各处的狗狂吠起来。鸡鸣狗吠之声，听起来犹如一拨拨被捕的强盗，一边啃咬屈辱的绳结，一边呼唤自己的伙伴。

1　八九岁至十三四岁的少年。

俊辅在连接窗户的长椅上坐下来抽烟，收集的
古瓷和美丽的陶俑，泠泠然围绕着黎明前的窗户。他
看看院子里漆黑的树木和绛紫的天空，又俯视着草
坪，发现草地中央横斜放着一把藤躺椅，女佣忘记收
了。曙光便从这古藤的黄褐色的矩形上产生了。老作
家很疲惫，晨霭里次第明亮的院子中的躺椅正在嘲笑
他，那浮泛于远方的休息，对于他犹如强使自己长久
延缓的死亡。香烟快要燃尽了，他冒着寒气，打开窗
户，投向草地。烟头没有落到藤椅上，而是落在低矮
的杉树上，被叶子挡住了。一星火粒放射出橙黄的光
焰，片刻即止。他到楼下的卧室睡觉去了。

傍晚，悠一很早来到俊辅家，立即听说镝木信
孝几天前曾经来过这里。

信孝出售老家的堂屋作为旅馆的分馆，他签好
合同就急匆匆赶往京都去了。使得悠一有些泄气的是，
他没有向自己多说些什么，只是借口公司不景气，想
到京都营林署找工作。俊辅把信孝的礼物交给了他，
原来是青年成为信孝的人那天早晨，他从加吉那里赢

得的猫眼石戒指。

"好啦。"俊辅站起身子，他睡眠不足，语调带着做作的快活劲儿，"今晚我是你的陪客，主宾不是我，实际上是你，这从河田的眼色里可以看出来。不过，上回我还是挺高兴的，我们的关系明显遭到人家的怀疑啦。"

"就请这么办吧。"

"我觉得我就是木偶，你是操纵者。"

"镝木夫妇不正照您所说的，很好地解决了吗？"

"这可是偶然的恩宠啊。"

——河田的车子来接他们了。两人在"黑羽"的一间屋子里等着，不一会儿，河田进来了。

河田坐在坐垫上，显得毫无拘束，上次那种生硬的表现完全不见了。每当出现于不同职业的人面前，我们总想装出十分放松的样子。俊辅虽说是河田过去的恩师，但河田青年时代对文学的兴趣早就消失了，代之而来的是，他在俊辅面前过分地表现了实业家的粗俗。而且，他依据过去自己学到的法国古典文学知识，故意东拉西扯地编造拉辛的《费德尔》和《勃里塔尼古斯》里的故事，等待俊辅的裁定。

他提起在巴黎国家歌剧院看过《费德尔》，说较之法国古典戏剧中优雅的伊波利特[1]，他更追怀接近希腊古代传说中厌女的希波吕托斯那种青年一代清纯的美丽。这絮絮叨叨的冗长的自我表露，是想叫人看到，他并不抱有什么所谓"文学上的羞愧感"。最后，他向悠一表示，想趁着年轻时务必到外国走走。谁可以使他这样呢？河田不住地称悠一为"令甥"，他是利用上回从俊辅那里获得的承诺。

这里的菜是烤肉，每人面前的炭火盆上横着一块铁板，客人们脖子以下围着长长的围裙，亲自动手。俊辅喝雉子酒，醉得脸色通红，把那奇妙的围裙系在脖子上，看上去一副难以形容的怪模样。他对比着瞧了瞧悠一和河田的脸，明知道是这种场面，却一口答应要同悠一一起来，真不知自己是怎么想的。在醍醐寺观看绘卷的时候，他把自己看作那位年迈的高僧，

1　伊波利特是《费德尔》中为继母费德尔所挚爱的美青年。

心里很是难过，他想，倒不如选择媒人中太这个角色更好呢。"美好的东西总是使我怯懦，"俊辅想，"不仅如此，有时还使我卑劣。这到底是为什么？美好令人高尚，难道是一种迷信吗？"

河田问到悠一的工作，悠一半开玩笑地回答说，要是拴在妻子娘家里，一辈子也甭想出头。

"你都有夫人啦？"

河田悲痛地叫道。

"没关系，河田君。"老作家随口搭话说，"没关系，这青年就是伊波利特。"这种有点儿胡闹的双关语，河田一听就明白了。

"那很好，伊波利特，真是太好啦。对于你的工作，我可以帮忙，尽管我能力有限。"

大家愉快地吃着饭，连俊辅也兴奋非常。奇怪的是，他看到河田瞧着悠一的眼睛里被欲望所浸润，自己心里暗暗自得起来。

河田避开女侍们，他想说说一直没有对任何人公开过的过去，今天面对俊辅，他在寻找时机。事情是这样的：他过去一直独身，是因为怀有不平凡的抱负。为此，他不得不在柏林演了一出大戏。临近回国，他故意在一个下贱的娼妓身上使钱，强忍着和她同居。他写信给父母，请求允许他们结婚。老一代河田弥一郎趁着买卖上的事，去德国了解儿子的女人。他见到这个女子，大吃一惊。

儿子发誓说，不答应他们在一起就去死，随即从上衣口袋掏出手枪亮了亮。女人嘛，本来就是如此，老弥一郎是个办事机敏的人，他塞给这位德国纯情的"泥中莲花"一笔钱，使她断念，拉起儿子的手，一同登上秩父号轮船回日本。儿子到甲板上散步，劳苦的父亲形影不离，他的眼睛老是盯着儿子的裤腰带，以便儿子跳海时一把抓住那里。

回日本后，不管什么样的亲事，儿子一概不理不睬。他忘不掉德国女子克鲁奈丽娅，桌上一直放着克鲁奈丽娅的照片。他事业上成为一名德国式的冷酷的实干家，生活上又装作德国式的纯粹的梦想家。他一直保持独身，继续装扮下去。

河田对于自己看不起的东西，偏要装作从中尝尽了快乐。浪漫主义和梦想癖，是他在德国发现的最愚蠢的事物，就像游客一时兴起购买东西，他深谋远虑，购买了舞会用的劣质纸帽子和口罩。诺瓦利斯式的感情的贞洁、内心世界的优越性、从反叛中产生的实际生活的干燥无味、非人的毅力，这类东西他都能运用自如，而又绝不必担心沾染到身上。他靠这种思想而活着，一直到年龄不再适合这些东西为止。也许河田的面神经痛就是因不断背叛内心而产生的。每当提起结婚，他就装出一副悲伤的表情，谁都不会怀疑，这时候他的眼神正在追寻克鲁奈丽娅的幻影。

"我看着这里哪，正好在这眼角。"河田用拿杯子的手指了指，"怎么样？我的眼睛看起来正在追寻着什么吧？"

"眼镜反光，很遗憾，看不见关键的眼睛。"

他终于摘掉眼镜，向上翻着眼珠给他们看，俊辅和悠一大笑起来。

至于克鲁奈丽娅，他有着双重的记忆。河田为了扮演回忆中的角色而欺骗了克鲁奈丽娅，然后又亲自变成回忆者欺骗别人。他为了制造一个关于自身的传说，必须要有克鲁奈丽娅这个人物。一个没有爱的女人，这个观念在他心里投下了一种幻影，为了终生与此相伴，总得找个理由才行。她成了他可能出现的多样化人生的总代表，成了促使他逐渐超越现实生活的反逆力量的化身。如今，河田本人也不认为她是个丑陋、卑贱的女人，他只得把她想象成一个倾国美女。父亲一死，他想起克鲁奈丽娅那张低级下流的照片，立即找出来烧掉了。

……这个故事很使悠一感动。如果说"感动"这个词儿不好，那就改成"陶醉"。克鲁奈丽娅确实存在！若要再加些注解，这青年想起了镝木夫人，她因不在而成为一个绝世美人。

……九点了。

河田弥一郎扯掉围裙，动作麻利地看了下手表。俊辅微微战栗着。

不要认为这位老作家是面对俗物而感到卑屈，正如前面所述，他觉得自己那种深沉的无力感源自悠一。

"好啦，"河田说，"今晚我去镰仓住一夜，已在鸿风园订了房间。"

"是吗？"俊辅应了一声，沉默了。

悠一感到，对方已经出牌了。追求女人时那种曲折迂回、大献殷勤的做法，换成了男人就得采取不同的手段了。男士之间不存在异性爱中曲折和伪善的快乐，假若河田需要，今晚就能追求悠一的肉体，可以说这是最符合礼仪的做法。对于他这个那喀索斯来说，面前站着的毫无诱惑力的中年人和老人，全然忘记了社会职守，一味拘泥于他自身，一点儿也不看重他的精神，而只把他的肉体视为至高无上。这种场合，同女人感到的官能的震颤迥异，是从自身独立出去的肉体，受到第二肉体的赞叹；精神一边蹂躏第一肉体，并使之崩溃，一边抓住赞叹的肉体，渐次保持着平衡，由此寻求一种世间罕见的快乐。

"真的？当然不是真的外甥了。但是，有真正的朋友就不能有真正的外甥吗？"——这才是作家俊辅诚实的回答。

"还有个问题，先生和悠一君是一般朋友，还是……"

　　"你想问是不是情人，对吧？你看，我早已不是恋爱的年龄喽！"

　　他俩几乎同时伸手抓住叠好的围裙，茫然地抽着烟，一眼瞥见盘腿而坐的青年秀美的睫毛。悠一那副姿态无意中具有僵薄少年的英俊之气。

　　"听你这么一说我就放心了。"——河田说道，故意不看悠一。就像用铅笔给自己的话下面狠狠地画下一条黑黑的粗线，他的面颊闪过一道痉挛。

　　"好吧，那就开诚布公地直说了吧，今天承蒙两位多方教诲，心情实在愉快。今后至少每月聚会一次，还是我们三个一起说说知心话儿。我再找找，看其他有没有更合适的地方。在罗登碰见的尽是些话不投机的人，一直得不到亲密交谈的机会。柏林这类酒吧都是一流贵族、实业家、诗人、小说家和演员聚会的场所。"——这种排序只有他才会这样。这种无意识的排列之中，充分表露了他本人笃信的那种单独表演的德国式的市民修养。

　　饭馆门前是不很宽阔的斜坡，黑暗里停着两辆汽车，一辆是河田的凯迪拉克62，一辆是包租的高级轿车。

夜风寒凉，天空阴沉。这一带多是战争废墟上建起的住宅，坍塌的石墙一角塞上一块洋铁皮，紧连着十分崭新的板壁，街灯朦胧地照射在白木板上，显得鲜明又妖艳。

俊辅一个人戴手套费了好长时间，这位老人表情严肃地把手嵌进那双皮革手套，当着他的面，河田光着手悄悄抚弄着悠一的手指。他们三个，总得有一人孤独地留在一辆车上。河田打着招呼，很自然地把手搭在悠一的肩膀上，引他到自己的车上去。俊辅不想追他，只是等在那里。但是，悠一被河田催促着，一只脚已经踩上了凯迪拉克的踏板。他回过头来快活地喊道：

"先生，我跟河田先生去啦，对不起，请给我妻子打个电话说一声。"

"就说今晚住在先生家里啦。"河田说。

送行的老板娘喊着："诸位辛苦啦！"

于是，俊辅独自一人成了那辆包租轿车的乘客。

　　这几乎是数秒中发生的事，谁都清楚发展到这一步是必然的结果，可是一旦发生，又给人一种突发事件的印象。悠一想些什么呢？他是以怎样的心情听从河田的呢？俊辅对这些一无所知。说不定悠一只是像个孩子，只巴望到镰仓兜个风罢了。可有一件事很明确，他又被人夺走了。

　　车子穿过旧城区凋敝的商业街，眼角里感受着一排排铃兰电灯的光亮，老作家炽烈地想着美青年，头脑在美的世界里低迷徘徊。他一往情深，因而丧失行为，一切都回归于精神，一切都还原为单纯的影像、单纯的比喻了。他本身就是精神性的，亦即肉体的比喻。什么时候才能从这种比喻中站起来呢？要不然就甘于这种宿命，在这个世界上始终贯彻一种信念：以死为活。

　　……尽管如此，这位年老的"中太"，心里还是充满了苦恼。

第二十二章 诱惑者

　　俊辅一回到家就马上给悠一写信。往日用法语记日记的劲头又来了，写信的笔端滴沥着诅咒，迸发出憎恶。本来，这种憎恶并非针对美青年，俊辅将眼前的愤怒转嫁到对女阴无尽的怨恨之上。

　　这时，他有些冷静了，心想，这种冗长的任凭感情写的信缺乏说服力。这种信不是情书，而是指令。重新写就，装进信封，把涂着胶水的三角封口，放在濡湿的嘴唇上一滑溜，坚硬的西洋纸将嘴唇划破了。俊辅站在穿衣镜前，用手帕按住嘴唇，嘀咕着：

　　"悠一肯定会照我的吩咐办的，他肯定会按信上写的办理。对这一点我有自知之明。因为这封信的指令没有干涉他的欲望。他的'无欲'部分操纵在我手里。"

他在深夜的房间里转悠着。一瞬间，他停下来，想象着悠一在镰仓旅馆里会是什么样子。他实在受不了，闭上眼睛，蹲踞在三面镜前，在他目无所见的镜子里，映出了悠一裸露的幻影：他仰面躺在洁白的床单上，挪开枕头，将那秀美而沉重的头颅抵在榻榻米上。他的微微仰起的咽喉部分泛出朦胧的白色，多半是月光照耀的缘故……老作家抬起充满血丝的眼看看镜子，恩底弥翁的睡姿消泯了。

*

悠一的春假结束了。学生生活的最后一年开始了，按照旧学制，他们这一级还有最后一学年。

学校池塘周围是苍郁的森林，外侧的运动场面对起伏的长满青草的山丘。草色浅绿，晴天里风也很冷，中午开饭的时候，远近的青草上时常可以看到一堆堆学生。这个时节，可以在外头打开饭盒吃饭了。

他们有的吊儿郎当，随心所欲地躺着，有的盘腿坐着，拔下纤细的青草放在嘴里，一面咬着淡绿的草芯儿，一面眺望操场上奋力拼搏的运动员。

"啊，快点儿回来，快些赶过我。我难过得要死。快点儿，快点儿呀！"……运动员又跳回到影子上了，脚后跟和影子结为一体。丽日当空，万里无云。

悠一独自一人穿着西服，从草地上坐起来，让文学系一个热心研究希腊语的学生回答问题，又叫他讲述一下欧里庇得斯《希波吕托斯》的情节。

"希波吕托斯悲惨地死去了。他坚信自己的童贞清净无瑕，自己无罪无辜，然而还是死于咒术。希波吕托斯的野心很小，他所希望的无论谁都能使之实现。"

这位戴眼镜的好表现自己的青年，用希腊语背诵希波吕托斯的台词，悠一问他什么意思，他翻译给他听：

"我要用竞赛战胜希腊人，夺取冠军。然而，我不介意在城邦里居第二名，如果能和善良的朋友永远幸福地生活在一起。这里才有真正的幸福，而且没有危险，给了我优于王位的喜悦……"

他的希望无论谁都能使之实现吗？那可不一定，

悠一认为。但他也不想深究。要是俊辅，或许还要进一步想下去。至少对于希波吕托斯来说，这极小的愿望也不能得到实现。因此，他的希望，只是纯洁的人们欲望的象征，成为一种光怪陆离的东西。

悠一想起俊辅的来信。这封信很有魅力。即使是伪装的行动，这指令总归是行动的指令。不仅如此（这是以对俊辅的信赖为前提的），这行动里附带着完善的、颇具讽刺意味的、冒渎的安全保证。至少使得一切计划不显得那么无聊。

"可不是嘛，我想起来了。"年轻人自言自语，"有一次，我曾对先生说，'不论怎样虚假的思想，不论什么盲目的行动，我都可以为此挺身而出'。他或许想到这句话才制订出这样的计划吧？桧先生也爱搞点儿鬼名堂啊！"——他微笑了。这时，一些左翼学生成群结队从青草山丘下走过，实质上，他们和悠一一样，也受到了同一种冲动的影响。

一点钟。钟楼上的时钟响了。学生们站起身子，互相拍打着制服背后的尘土和枯草。悠一的西装背后，也同样沾上了薄薄一层春天的灰尘、细草秆儿和揪掉的草叶，同学们都帮他掸掉了。他穿着这套做工精致的西装丝毫也不在乎，大家对这一点更加感动。

同学们回教室了。悠一等着会见恭子，他告别了大家，一个人独自朝学校大门口走去。

……从都电下来四五个学生，美青年从中发现身穿学生制服的加吉，吃了一惊。为此，他放过了即将登上的电车。

他们互相握手。悠一好半天凝神注视着加吉脸孔的中央。在旁观者的眼里，他俩就是十分要好的同窗学友。正午明丽的太阳底下，加吉的年龄至少隐瞒了二十岁。

看到悠一如此惊讶，加吉大笑起来。他招呼这个青年来到林荫道下面贴满五花八门政治传单的大学围墙旁边，简要介绍了自己化装的原因。他的慧眼能一下子看出这个种族的年轻人，反而又对这种不成熟的冒险感到腻味。尽管同样是诱惑，他只想骗骗对方，在同龄同学的假象之下，使得对方安下心来，互相保留着情投意合的好印象。因而，加吉刻意打扮成一个假学生，特地从大矶跑到年轻人的圣地渔色来了。

悠一高声赞扬他的年轻，加吉感到扬扬自得，他责怪悠一为何不到大矶去玩。他一手撑在街道树上，两只脚优雅地交叉着，一副漫不经心的眼神。这个不老的青年，用手指敲了敲墙上的传单咕唧了一句：和二十年前一个样。

电车来了，悠一告别加吉，上了电车。

*

恭子和悠一会合的地方，是位于皇宫公园内的国际网球俱乐部大楼。恭子打了一个上午网球。换衣服。吃饭。和球友们聊天。他们回去之后，恭子一个人留在阳台的椅子上等着。

汗气里混合着 Black Satin 香水的香味，运动后甘美的慵懒，在正午风停了的干燥的空气里，在她那红润的面颊周围，轻轻地、小心翼翼地弥散着。是否搽得太多了？她想。她从蓝手袋里掏出小镜子，看了一下。镜子是照不出香水的香味的。然而她感到满足，收起了镜子。

他的外套不是浅色的春装，她讲究打扮，来时穿的一身海蓝色风衣，眼下正铺展在白漆椅子上。这个心性浮荡的女人柔软的后背，靠在粗劣的木框上。手袋和鞋子也是海蓝色，衣服和手套却是她一直喜爱的桃红。

穗高恭子现在可以说一点儿也不爱悠一了。她那一颗浮薄的心要比一颗坚实的心更具弹性。她的轻佻的感情里含有任何贞洁所不及的优美。一度因受自我欺骗而在心灵深处产生的真诚的冲动，突然燃起又突然抹消，连她自己都没有觉察就瞬息而逝了。决不看守自己的心，这就是恭子加给自己的唯一义务，一个不可缺少的易于履行的义务。

"一个半月没有见面了。"她想，"就像昨天一样。这期间一次也未曾想到过他。"

……一个半月。恭子是怎么生活的呢？无数场舞会。无数场电影。打网球。无数次购物。陪丈夫一起出席外省省的各种酒会。去美容院。兜风。和大伙儿一起谈论众多关于恋爱、偷情的故事。从家务事中发现的无数感怀和无数激动……

例如，楼梯平台墙壁上的风景油画，在一个半月之内，移到大门口墙上，再移到客厅，最后又挂回到原来的平台墙壁上。整理厨房时发现五十三个空罐子，卖给废品店，添上一点零钱，买了一只橘皮酒罐改制的台灯，看看不满意转手送给朋友了，人家回赠了一罐君度酒。对了，还有饲养的一只牧羊狗，染上犬瘟热，上了脑子，死了。死的时候口吐白沫，四肢哆嗦，面带微笑，无言而逝。恭子哭了三个小时，第二天早晨就忘了。

她的生活充满了无数璀璨的小零碎。她染上了收集别针的怪癖。少女时代，她把大小各种别针塞满了绘有泥金画的手提箱。贫困唤起了她对生活的热情，几乎与此相同的热情又推动了恭子的生活。如果这也可以称作认真的生活，那么其中也包含与轻浮毫不矛盾的认真。不知窘迫的认真的生活，或许更难寻到出路。

就像一只蝴蝶飞进屋子，又一时找不到窗户，疯狂地打着旋儿，恭子在自己的生活里也在急急地飞旋着。偶然闯入的屋子就当作是自己的屋子，即便愚蠢的蝴蝶，也不会如此妄想。于是，疲惫不堪的蝴蝶撞上一幅绘有森林的风景画，昏过去了。

……就这样，恭子时时陷入昏迷状态，有时又恍惚睁开眼来泰然自若，对此没有一个人给以正视。丈夫只是想："又来啦。"朋友和堂姊妹们只是想："老是泡在没完没了的半日情里。"

……俱乐部的电话响了。大门传达室问，有一位姓南的客人，可不可以让他进来。过一会儿，恭子看到大石墙外松树荫里走来的悠一的身影。

她怀着适度的自尊，有意约定在这个拐弯抹角的地方见面，看到这位青年没有迟到，感到心满意足，找到了原谅悠一不讲情面的借口。然而，她不肯离开椅子，用涂着鲜艳指甲油的五指打着眼罩，微笑着对他点点头。

"你怎么了？几天不见就变成这样儿啦。"

她这样说，一半是为了借此正面看着悠一的脸。

"怎么变了？"

"这个嘛，变得有些像猛兽呢。"

悠一听了大笑起来，恭子从那笑着的嘴里看到食肉兽的白牙。从前，她觉得悠一有些难于理解，很老实，似乎缺乏一种信心。可是如今，她看他从松荫里径直走到太阳光下，头发一片金黄，在她前面二十步远的地方站住了，望着这边。他像弹簧似的储满了柔软的活力，青春的眼睛闪耀着疑惑的神色，看上去就像一头孤独的狮子。

他给人一种生龙活虎的印象，仿佛突然苏醒过来，打飒爽的风中飘然而至，那俊美的眼睛从正面盯着恭子，没有一丝畏葸。那视线无比优柔，是那般坦率、简练，传递着他的欲望。

"几天不见，大有改观。"恭子想，"肯定是镝木夫人调教的。眼下，和夫人一翻脸，他也辞掉她丈夫的秘书这个差事，夫人跑到京都去了。这下子，收获全到我这里来啦！"

隔着一道护城河，听不见汽车的鸣笛，只有网球不断打在球拍上弹起的响声、娇声娇气的喊叫以及短粗的喘息和谈笑。这些声音也都飘散到大气里，夹杂着粉尘，化为倦怠和模糊的音响，时而震荡着耳鼓。

"今天阿悠有空儿吗？"

"哎，一整天都没事。"

"……你找我，有事吗？"

"没别的，只是想你。"

"倒挺会说话的。"

二人商量了一个寻常的计划，看电影、吃饭、跳舞。这之前，先散散步，绕上一个大圈儿。他们决定从平河门出皇城，通过旧二丸骑马俱乐部旁边，渡过马厩后面一座桥，登上图书馆所在的旧三丸，再回到平河门。

迈开脚步，微风拂拂，恭子觉得面庞有些热乎乎的，她一时担心病了。实际上，已经到春天了。身边闪现着悠一英俊的面影，恭子心里感到十分自豪。他的胳膊肘儿时时轻轻碰着恭子的臂膀。对方的美丽是最直接、最客观的根据，说明他们也应该是天生的一对儿。恭子喜欢漂亮的青年，因而，她感到自己的美丽有了最安全的保证。她那优雅的束腰式海蓝风衣，敞着纽扣，每向前走一步，中间缝儿就闪现出一线桃红的衣服，宛如朱砂的矿脉，鲜明耀眼。

骑马俱乐部办事处和厩舍之间有一片干燥的平坦的广场。一角里微微卷起尘埃，眼看着像断了腰似的消散了。他们被这幻影般的小小旋风吸引了，想从中间穿过去，这时正好遇到一群人，举着小旗斜着朝广场走来。他们都是乡下的老人，那场大战的遗族，是受招待前来参观皇宫的。

这是一支脚步迟缓的队伍，许多人趿拉着木屐，穿着粗糙的外褂，戴着破旧的礼帽。佝偻着腰的老太太向前探着头，团在胸前的手巾眼看着要掉下来。虽说已是春天，有的领口耷拉着丝绵袋儿，那劣质丝绸的光泽，反衬出被阳光晒黑的脖子上的皱纹。听到的只是木屐擦过地面的单调的响声，还有随着步子互相碰撞的假牙声。由于疲劳和怀着虔敬的喜悦，这些巡礼者几乎都不说一句话。

就要和他们交肩而过了，这使悠一和恭子甚感困惑。老年人的队伍一起看着他们两个。本来低头走着的人，也觉察到了什么，抬眼一看到他俩，目光再也不肯离开。

毫无责难之色，而且，再也没有比他们这些目光更露骨的了。皱纹、眼屎、泪水和白斑，还有那黑石子般众多的眼珠，从脏污的血管中狡猾地凝望着这边……悠一不自觉地加快了脚步，恭子倒显得十分安然。恭子人很单纯，她也不想正确判断现实。事实是，他们只是惊讶于恭子的美丽罢了。

朝拜者的行列转向宫内厅方向，缓缓流动而去。

……穿过厩舍旁边，走进树影浓密的林荫道。两人手挽着手。眼前是缓缓的斜坡，坡上有一座土桥，城墙围绕着斜坡，接近坡顶的松林中央有一棵樱花树，樱花已经开了七分。

一驾宫廷用马车从斜坡上跑下来，打他们两人身边飞驰而过。马鬃在风中纷披着，十六瓣金色菊花的皇家徽纹明晃晃地从他们眼底下擦过。两人登上斜坡，从旧三丸高台望石墙方向，这才看到大街上的景观。

都市如此新鲜地映入眼帘！平滑而光亮的马路呈现出热烈的生活景象！护城河对面的锦町，午后的河岸上人们忙忙碌碌。气象台众多的风向标旋转着，多么可爱的拼搏精神啊！它们倾听从空洞里穿过的众多风的吟哦，向所有的风呈现着媚态，一个劲儿不停地旋转！

两人走出平河门，还感到意犹未尽，随后又到护城河边的人行道上转了一会儿。由此，恭子在这个下午悠闲的散步中，在汽车的喇叭声和卡车的轰鸣中，切实品尝了现实生活的滋味。

……对于眼下的悠一来说，有个奇妙的词儿，那就是"实感"。从他现在的身上，可以看出，他有信心转化为自己所希望的人。这种实感，也可以说这种实质上的赋予，对于恭子尤其重要。因为以前在她看来，这位美青年的形象，似乎是由官能性的断片组合而成的。例如，那俊敏的眼眉，沉郁的目光，优雅的鼻梁，性感的嘴唇，总是令恭子赏心悦目。然而，在这些片断的罗列中，给人一种缺乏主题之感。

"怎么看，你都不像是已经成家的人啊。"

恭子睁着天真而惊讶的眼睛突然说。

"这是为什么呢？我自己也觉得是一个人呢。"

这个带着几分狂态的回答，使得两个人对望着笑了。

恭子没有问起镝木夫人，悠一也未提及和并木一起到横滨去的事。如此的礼让，进一步融合了两人的感情，恭子暗想，就像自己被并木舍弃了一样，悠一也被镝木夫人给甩了吧？这番心情更加深了她对这位青年的亲密感。

但是，再重复一遍，恭子可以说一点儿也不爱悠一了，这种约会只是给了她万般快乐和欢愉罢了。她漂流无定，犹如随风飞扬的植物的种子。如今，她那颗轻浮的心长出了白色的冠毛，随风荡漾。诱惑者未必寻求自己所爱的女人。不知精神的重负，只立足于自己的内心，越是现实，越是激发她的梦想，这样一个女人，除了成为诱惑者的诱饵之外，别无他用。

在这一点上，镝木夫人和恭子相反，恭子不管怎样不合理都不当回事，对一切反常现象视而不见，她时刻不忘，确信自己正被对方爱着。悠一曲意逢迎，风情万种，他对别的女子目不斜视，对恭子一人却一花独览，永无餍足。恭子当然心领神会，幸福非常。

　　他们二人吃晚饭的地方是数寄屋桥近旁的 M 俱乐部。

　　先前靠豪赌弄到手的这座俱乐部，聚集着殖民地崩溃后的美国人和犹太人。这伙人在世界大战、占领地以及朝鲜战争中大发横财，他们粗劣的西装底下，散发着亚洲各国许多海港奇异的气味，他们的两臂和胸膛雕着玫瑰花、铁锚、裸妇、心脏、黑豹和大写首字母等形形色色的刺青。他们那乍看起来优柔的眼神深处，闪耀着走私鸦片的记忆，残留着某地海港人声嘈杂中晃动着的桅杆的风景。釜山、木浦、大连、天津、青岛、上海、基隆、厦门、香港、澳门、河内、海防、马尼拉、新加坡……

　　回到本国之后，他们的经历中依然保留"东洋"这一行奇怪的黑色污迹，他们是一些伸手到神秘的泥沙里淘金的人，他们一生都摆脱不掉卑小的丑恶而光荣的臭气。

　　这家夜总会的装饰一切都是中国风格，恭子后悔没有穿旗袍来。日本客人，只有几个跟外国人来的新桥的艺妓，其余都是西方人。双人桌上摆着绘有绿色小龙的毛玻璃圆筒，里面点着三寸红烛，火焰在喧骚的环境中保持着奇妙的宁静。

两个人又吃，又喝，又跳。他们都很年轻，恭子陶醉于青春的相知之中，早把丈夫给忘了。即使没有什么特殊的理由，对于她来说，忘记丈夫一点也不费力，只要闭上眼睛想忘掉，哪怕当着丈夫的面，她也能够做到，就像随意将腕子翻转过来给人看的杂耍师。

悠一如此积极主动、欢欣鼓舞地表达爱意，却是头一回。她第一次看到他雄心勃勃向自己进逼。恭子就是这样，悠一这种架势反而使她热情大减。不过，如今的恭子认为自己的这种漂泊状态，已经获得对方忠实的回应。"我一旦不再爱他，就一定能使对方狂热起来。"——恭子想，他丝毫不感到厌恶。

恭子喝的胭脂红黑刺李金酒，给她的舞步增添了几分醺醺欲醉的润滑，她依偎着青年，自己的身体轻如羽毛，仿佛脚步已不是在地板上跳动。楼下的舞厅，三面围着餐桌，黑暗里面向着乐队的舞台，舞台上低垂着红色的帷幕。乐师们演奏流行歌曲 *Slow Poke*，演奏《蓝色探戈》[1] 和电影《禁忌》[2] 插曲。曾经在舞蹈比赛中获得三等奖的悠一大显身手，他的胸脯真切而诚实地抵在恭子小巧而柔软的人工胸脯上……恭子越过年轻人的肩头，看到餐桌上一些黯淡的面孔和描出一圈光亮的金发。每张桌上烛火摇曳，映现着毛玻璃上那些绿色、黄色、蓝色的小龙。

"那一次，你的旗袍上绣着一条大龙呢。"——悠一一边跳舞，一边说道。

这种暗合，只能来自结为一体的亲密感情之中。恭子想守住这个小秘密，她刚才也在想着龙的事，但没有公开表白。她回答说：

"白色缎子花纹绣着龙，你倒记得很清楚。当时，还记得吗，连跳了五支曲子？"

1　美国作曲家莱罗尔·安德森创作的轻音乐作品。

2　美国电影，描写毛利族青年男子的未婚妻不幸被巫师宣布为"禁忌"者，丈夫舍命相救，决心与妻子终生相守的故事。此片曾获 1931 年奥斯卡最佳摄影奖。

"嗯……我呀,很喜欢你微笑的表情。从那之后,看到女人的笑,比起你来,真叫人失望。"

这句奉承话深深触动了恭子的心弦。她想起少女时代,自己笑时总是露着牙龈,受到了心直口快的堂姐妹猛烈的批评。打那以后,她对着镜子苦练十多年,笑时再也不露牙龈了。不管多么无意识的笑,牙龈倒也挺自觉,总是不忘将自己掩藏起来。如今,恭子的笑颜如微波荡漾,她对自己的笑容充满自信。

受到夸奖的女人,精神上几乎感到有卖淫般的义务。于是,一副绅士派头的悠一,没有忘记学习外国人的轻松做法,倏忽用微笑的嘴唇亲了亲女人的芳唇。

恭子轻佻而绝不放荡,跳舞和洋酒,这种殖民地风格的俱乐部的影响,不足以使恭子罗曼蒂克起来。她只是温存有余,感情脆弱,过于富有同情心罢了。

她打心眼儿里认为,世界上所有的男人都是可怜的存在。这是她宗教式的偏见。她从悠一身上唯一的发现,是他的"寻常的青春"。美,本来是距离独创最为遥远的东西。既然如此,那么,这位美青年哪里会有独创的东西呢？……恭子为苦闷的怜悯而战栗，男人心中的孤独，男人心中的动物性饥渴，还有使得所有男人陷入悲剧的欲望的约束感，她对这一切，多多少少总想洒上几滴红十字式的博爱的眼泪。

然而，这种夸大的情感，一旦回到座席就沉静多了。两人没说多少话，百无聊赖的悠一想找借口摸摸恭子的胳膊，他盯着她那新款的手表，想要过来看看。表盘很小，光线暗淡，即使凑近眼睛，也看不清上面的文字。恭子干脆摘下来递给他。悠一讲述了瑞士各家手表制造公司的情形，他的博识令人吃惊。恭子问现在几点了，他把两只表对照了一下，告诉她，自己的表十点差十分，她的表十点差一刻。悠一把表还给了她。离看表演的时间，还得等两个多小时。

"到别的地方转转吧。"

"好的。"——她看了一下表。今晚丈夫打麻将要到半夜才能回家，只要赶在这之前回去就行。

恭子站起身，她有些轻飘飘的，看来醉了。悠一一手将她扶住。恭子感觉似乎走在深深的沙地上。

在汽车里，恭子的情绪特别放松，她把嘴唇凑近悠一的嘴唇，青年应接着她，他的嘴唇快活而又热烈。

他抱着她的脸，窗外高耸的广告牌上红、黄、绿的电灯光在她眼角边流转。这迅疾的流光之中闪现着不动的光点，年轻人注意到是眼泪！这时候，她自己也开始感觉到鬓角上一丝冰凉。悠一把嘴唇凑到那里，他在吮吸女人的泪水！恭子在没有灯光的幽暗的车厢里，微微露出洁白光亮的牙齿，用一种听不清楚的声音连连呼唤悠一的名字。这时，她闭上眼睛，微微翕动的嘴唇，焦急地等待着那股热烈的力量，再一次迅猛地填塞过来。于是，那股力量忠实地填塞过来了。然而，这第二次接吻，却有着充分了解的优柔，似乎有些违背了恭子的期望，给了她"回返自我"的余裕。女人直起腰来，轻轻挣脱了悠一的臂膀。

恭子浅浅地靠在车椅上，翻转身来，一只手举着手镜照照脸孔。她眼睛微带潮红，头发稍稍有些散乱。

她一边整理面容一边说道：

"这样下去，不知会有怎样的结果。算了吧，不要再干这种事啦。"

她朝转动着硬邦邦颈项的中年司机暗暗瞅了一眼。这颗寻常贞洁的心，看到了背向驾驶座的古旧蓝西服的世间的姿影。

在筑地外国人经营的夜总会里，恭子不住叨咕着"赶快回家"这句口头禅。和先前中国风格的俱乐部不同，这里的事物皆为美国式的摩登模样。恭子嘴上说要回去，可还是大喝起来。

她漫无边际地思索着，想到哪里就忘记哪里。她高兴地跳起舞来，仿佛脚下穿了滑冰鞋一般。恭子在悠一的怀抱里痛苦地喘息，她酒醉之后急速的心跳，传遍了悠一的胸膛。

她看着正在跳舞的美国夫妇和士兵，又迅速转过脸凝望着悠一。她问他自己是否醉了，他告诉她没有醉，于是放心了。她想，这样可以步行走回赤坂的家中。

她回到座位，打算好好冷静一下。于是，一种莫名的恐惧袭上心头。她对悠一没有突然跑来紧紧抱住她而感到不满。她眼见着一种逃逸某种羁绊的黯淡的欣喜，打自己的心里渐渐升起。

她不爱这位美青年的固执的心理又抬头了。然而，她对他又是如此感到深深地受用，这种心态在面对别的男人时从未有过。西部音乐雄浑的鼓点儿，给了她近乎昏厥的快活的虚脱之感。

这种几乎属于自然的容纳的感情，使她的心接近一种普通的状态。这是原野接受夕阳的那种感情；这是一切丰草茂树拖曳着颀长的影子，洼地和丘陵涵泳于各自的影像里、恍惚包容于薄暮之中的感情。恭子成了这种感情的化身。她切实感到，他那朦胧晃动于背光中的年轻而勇健的头颅，完全能够蕴涵于自己身上海潮般扩展开来的影像里。她的内心向外溢出，她用内心直接触及外部，酩酊之中袭来一阵战栗。

但是，她相信自己今晚还得回到丈夫身边去。

"这就是生活啊！"她在心里轻轻喊叫了一声。

"这就是生活！多么刺激和快意，多么极端的冒险！这是一场想象的满足！今晚在丈夫的热吻里去回味这位青年的嘴唇，又是多么安全，那是无可比拟的不贞的快乐啊！我可以到此为止。这就够了，其余随它去吧，急流勇退……"

恭子喊住穿着带有一排金纽扣绯红制服的侍者，问他几点有演出，侍者回答半夜零点开始。

"到这里也看不到节目，十一点半必须赶回去，还剩四十分钟。"

她又催促悠一跳舞。音乐声止，两人回到座位上。美国司仪用长满金毛和戴着绿宝石戒指的手，紧紧握住话筒杆子，用英语说了一通，外国客人笑着鼓掌。

乐队奏起快节拍的伦巴舞曲。灯熄了，弧光灯照亮了舞台的通路，于是，跳伦巴的男女舞伴，猫一般从门缝里一个个滑出了身子。

他们身着宽松的绸缎衣服，四周翻动着巨大的襞褶，缀满了无数闪亮的小圆珠，绿色的、金色的、橙黄的，光耀夺目。男女包裹在绸缎里的闪光的腰肢，像草里奔跑的蜥蜴，打眼前一晃而过。互相靠近，又忽然离开。

恭子两肘支撑在桌布上，涂着指甲油的指头儿，尖尖地抵在跳动的脑门上，看人跳舞。指甲的刺疼，像薄荷一样令人快意。

她不经意地看看手表。

"该回去啦。"她回过神来，把表贴在耳朵上，"怎么回事呀？提前一小时开演啦。"

她一阵不安，低头看了看搭在桌面上的悠一左腕上的表。

"好奇怪，一样的时间。"

恭子又在观看舞蹈。她盯着男演员嘲笑的嘴角，发觉自己正在拼命想着什么。然而，音乐和脚步搅扰着她。她什么也不想，站起身子。她踉跄地抓住桌子走着，悠一也跟了上去。恭子叫住一个侍者，问道：

"现在几点？"

"零点过十分了。"

恭子立即转向悠一。

"你把表调慢了？"

悠一嘴边浮现出调皮的微笑。

"嗯。"

恭子没有生气。

"现在还不晚，回去吧。"

青年的表情有些认真起来。

"非回去不行？"

"哎，该回去了。"

来到衣帽间，恭子说：

"啊，我今天实在太累啦，打网球，散步，跳舞。"

她将头发向上一掀，叫悠一给她穿好外套，然后又轻轻将头发甩开，和衣服相同颜色的玛瑙耳坠剧烈地摆动着。

恭子一本正经起来，她和悠一一起登上车，自己随口报出了赤坂的自家街道名称。车子行进之中，她联想起站在俱乐部门前，面对外国人撒网拉客的街头野鸡的姿影，她一直想个没完。

"像什么呀，那讨人厌的绿色西装，那染成金黄色的头发，那矮矮的鼻子。不过，正经的女人不会那样美滋滋地抽香烟的。那香烟看来很香吧！"

车子接近赤坂。"从这儿向左拐，对，一直朝前走。"她指示着。

此时，一直沉默的悠一突然抱住她，把头伸到她的脖颈上亲了一下。恭子闻到了以前梦寐以求的那种发油的香味。

"这时候，能抽上一支烟有多好。"她想，"那姿态肯定很潇洒。"

恭子睁开眼，看看窗外的灯光，看看阴沉的夜空。突然，她心中一阵空虚，感到异常的苍白无力。今天平平淡淡地过去了。看来，那也许是一种马马虎虎、断断续续的纤弱的想象力，留下了慵懒和浮躁的记忆；日常生活也残留着令人毛骨悚然的奇妙影像……她的指尖触到了青年新剃的颈项，那粗喇喇的感应和温热的肌肤，犹如深夜道路上燃烧的篝火，光耀夺目。

恭子闭上眼睛。车子的颠簸使她想到，这是一条老是走不到头的坑坑洼洼的道路。

于是又睁开眼来，在悠一的耳朵边无比温柔地低声说：

"哎，算了吧，家早晃过去啦。"

青年的眼里闪现出欢喜的光芒，他随即吩咐司机"开到柳桥"。恭子听到车轮急转弯时刺耳的声响，也可以说这是一种悔恨和快活的声响。

恭子决心摆脱拘谨之后，浑身感到疲劳不堪。倦怠和醉意一旦共同来袭，要想坚持不睡，需要付出很大努力。她枕在青年的肩膀上，她需要使自己更加可爱起来，想象着自己就是一只合上眼睛的依人小鸟，她也学着合上了眼睛。

来到吉祥院的大门口，她问：

"你怎么知道这个地方？"

说罢，她两腿发软，女侍领着他们进去，在走廊上，她把脸埋在悠一的背后。这是一条曲曲折折的长廊，意想不到的角落里突然耸立着一段楼梯。他们登上楼梯，脚底下彻骨的寒冷一直袭上脑门。她几乎站不住了，巴望早点儿走进屋子立即瘫倒下去。

到了房间，悠一说道：

"这里可以望见隅田川哩，对过那座建筑是啤酒公司的仓库。"

恭子没有看河上的风景，她只想着一切都能早一点结束。

*

……穗高恭子从黑暗中醒来。

什么也看不见。窗户搪上了挡雨板，不漏一丝光亮。一股冷气流进来，裸露的胸膛感到阵阵寒凉。她摸索着合上浆得很挺的浴衣的领子，她伸手一摸，浴衣里面什么也没穿。她记不清什么时候把衣服全脱光的，也记不清什么时候穿上这硬邦邦的浴衣的。对了，这间屋子是在那间可以望见河面风景的屋子的隔壁。悠一先到了这里，一定是自己脱光衣服的，当时悠一坐在隔扇的外头。不久，隔壁屋子里的灯全熄灭了，悠一又从黑暗的屋子走进更黑暗的屋子。恭子一味固执地闭着眼睛，于是，一切都出色地开始了，又在梦幻里结束了。简直可以说是珠联璧合，曲尽其妙。

屋子里没有灯，再说，悠一的面影依然留在恭子的思念之中，所以，眼下的她还没有勇气触摸一下现实里的悠一。他的影像是快乐的化身，那里面融合着青春和巧智、年轻和练达、欢爱和侮蔑以及对神明的虔敬和亵渎，奇妙无比。现在，恭子没有一丝悔恨和内疚，即便酒醒了也不会妨碍这种明净的喜悦……终于，她用手去摸索悠一的手。

她触到了那只手。那手冰冷，骨节外露，像树皮一般干燥。静脉曲张隆起，微微战栗着。恭子悚然地离开了那只手。

这时，他猝然在黑暗里咳嗽起来，久久的沉滞的干咳。拖着浑浊的尾音痛苦地延续着。死一般的咳嗽。

恭子触到那只冰冷而干枯的手臂，差点儿惊叫起来，仿佛感到和骷髅睡在一起。

她坐起身，摸索着枕头旁的台灯，手指空空划过冰凉的铺席。那只方形灯在距离枕头好远的一个角落里。她扭亮了灯，发现自己空下的枕头旁边躺着一个老人！

俊辅的咳嗽拖着长长的尾音已经停止了。他抬起昏花的眼睛，说：

"熄掉吧，太晃眼啦。"

——说罢，又闭上眼睛，把头转向暗处。

恭子不知到底是怎么回事，她站起身跨过老人的枕头，在乱糟糟的箱子里找衣服。老人一直装作睡着了，狡猾地沉默着，直到女人换上了礼服。

看到她要走了，这才开口：

"回家吗？"

女人默默想走出去。

"等一等。"

俊辅坐起来，披上棉袍，挡住了女人。恭子还是默默不语，她执意要走。

"等一等。现在回去又能怎样呢？"

"我要回去。你再拦，我要喊人了。"

"那就喊吧，谅你没这个胆子。"

恭子颤抖着声音问道：

"阿悠在哪儿？"

"他早回家了，现在正呼呼睡在老婆身边呢。"

"你干吗要这样？我干了什么事得罪你了？你安的什么心？我哪点儿招你恨了？"

俊辅没有理睬，他打开面向河流的房间里的电灯。恭子坐在明晃晃的灯光里。

"你一点儿都不能怪悠一。"

"可我什么也不知道啊。"

恭子俯伏着身子哭出声来，俊辅任她哭着。一切都不言自明，俊辅心里很清楚，恭子事实上不值得受这般侮辱。

等女人稍微平静下来，老作家说道：

"我很早就喜欢上了你，可那时候，你老是拒绝我，耻笑我。你也知道，要是用寻常办法，不可能像今天这样如愿以偿。"

"阿悠他怎么啦？"

"他还是用他独有的方式想着你。"

"你们串通一气。"

"哪里，主意是我出的，悠一君只是帮衬。"

"啊，丑恶……"

"什么丑恶？你希望美，也得到了美；我希望美，也得到了美。仅此而已，不是吗？我们完全是同一种资格。你说丑恶，那是自相矛盾。"

"等着吧,我不是死就是去控告你!"

"很好啊,你能说出这样的话来,说明这一夜大有进步。不过,还应该更坦率些。你所说的耻辱也好,丑恶也好,都是假象,总之我们俩都看到了美好的东西,像彩虹一般。我们互相看到的是一种真实。"

"为什么阿悠不在这儿?"

"悠一君不在这儿。他刚才还在,眼下不在。一切都不奇怪,我们只是被留在这里。"

恭子战栗着,这样的处境超出她的理解之外。俊辅若无其事地继续说:

"事情完了,我们被留在这里了。就算悠一和你睡在一起,结果还不是大同小异吗?"

"你们这些卑劣的人,我生来第一次遇到你们这号人!"

"看你都说些什么呀?悠一君是无辜的。今天咱们三个都是按照自己的愿望行动,悠一君用他的那套办法爱你,你用你的办法爱他,我用我的办法爱你。每个人都是按自己的方式爱其所爱,仅此而已。不是吗?"

"阿悠他心里想些什么呢？他是个怪物呀！"

"你也是怪物，因为你爱怪物。可是，悠一君没有一丝一毫的恶意。"

"没有恶意的人，怎么能干出这种可怕的事情来呢？"

"因为他很清楚，你遭遇这样的事情是无罪的。一个没有恶意的男人和一个无罪的女人之间——他俩互相谁也不欠谁的——假如说有什么联系的话，那只能决定于外来的恶意和外来的罪愆。自古以来的故事都是这样开始的。你知道的，我是小说家。"——他觉得实在好笑，他独自笑着，立即又忍住了，"悠一君和我没有串通一气，那只是你的幻觉。我们没有任何关系。悠一君和我……对了。"——他终于微笑了，"我们只是朋友，要恨就恨我好啦。"

"不过……"——恭子哭了，谦恭地扭转过身子，"我，现在哪里还顾得上恨，只是感到可怕。"

……附近的铁桥上正在通过一列火车，汽笛声震荡着夜空。单调的响声持续了好半天，不久，过了铁桥，那声音向远方扩散，消失了。

实际上，如实看到"丑恶"的不是恭子，而是俊辅。即使在那一瞬间里，女人快活的呻吟也没有使他忘记自己的丑恶。

桧俊辅反复体验了这种可怕的瞬间，一个没有爱的人强暴了一个有爱的人。女人是可以征服的，这只是小说制造的迷信。女人绝不会被征服，绝不会！就像男人对女人由崇敬而敢于凌辱一样，作为侮辱的最有力证据，有时女人也会委身于男人。镝木夫人不用说，在三个妻子中，也从来没有一个人被他征服过。至于麻木地陶醉于悠一这个幻影中的恭子，更是如此。要说原因，只有一个，俊辅自己十分明白，他绝不会被爱。

这类私通颇为奇怪。俊辅让恭子痛苦，而且眼下又给她以巨大的压力。然而，这毕竟不过是一个没有爱的人故作姿态罢了。他的行为从一开始就充满绝望，没有一点儿温柔，没有世上所说的那种"人情味儿"。

恭子闷声不语。她端坐着，不再说话。这个轻浮的女子，从来没有像现在这样长久地沉默过。她一旦学会沉默，接着而来的就是她自然的表情。俊辅也闭上了嘴。看来，他们都下了决心，天亮之前绝不说一句话。等天一亮，她就可以用手袋里的小玩意儿化化妆，回到丈夫家里了……可是，河面上老是看不到那白白的雾气，两人都在疑惑，这个夜晚究竟绵延到几时？

第二十三章　日渐成熟

　　年轻的丈夫不知在干些什么，继续过着慌慌张张的生活，说他上学去了，可到半夜才回家，说他待在家里，他又突然出去了。正如母亲所说，他过的是所谓"无赖汉"的日子。其间，康子的生活现在实在平平静静，甚至可以说是幸福的。这种安然的心态是有缘由的，她只对自己的内部感兴趣。

　　春去春来，她都不关心，外部对她不起任何作用。她只感到体内有一双小脚丫儿不住踢踏着。她不断陶醉于这种孕育可爱的暴力的感觉里，自行开始，又自行结束。可以说，"外部"包容在她体内，她将世界抱在自己的怀里，外部的世界只剩一个空壳罢了！

　　小小的光洁的脚骨，布满皱褶的清净而光亮的足底，从深夜里伸出来踢蹬着黑暗，每当她想象着这样的情景，觉得自己的存在就是那温热的、充满养分的、鲜血模糊的、黝黑的肉块。这是一种被腐蚀的感觉，是从内部受到深刻侵犯的感觉，是受到最为沉重的强奸的感觉，是疾病的感觉，死亡的感觉……任何不伦的欲望和肉感的恣意，在这里都能得到体面的宽宥。康子不时发出明朗的笑声，有时又闷不作声，露出来自远方般的独自的微笑。这是略似盲人的微笑，这是唯有自己才能侧耳细听远方音响的人的微笑。

有一天，腹中的孩子没有动弹，她担心得不得了，难道死了？平时事无巨细都要找婆婆商量，这回她把这个幼稚的担心对婆婆说了，惹得这位性情乐观的婆婆好不欢喜。

"悠一呀，也是个感情不外露的孩子。"她亲切地安慰着媳妇，"要生小孩子了嘛，那份儿高兴呀，不安呀，都搅混在一块儿啦，这才一家一家连着喝哪。"

"不，"媳妇颇有几分自信，对于这个自我满足的灵魂来说，安慰已经是多余的了，"……不知道是生男孩儿还是生女孩儿，这个最叫人心焦啊。看样子肯定是个男孩子了，我想他会和阿悠一模一样的。可万一生个像我这样的女孩子怎么是好啊？"

"哎呀，我到巴望是个女孩儿，男孩子可叫我受够喽。没有比男孩子更难养活的啦！"

婆媳两个关系十分融洽，康子挺着大肚子，每有自己不便外出的时候，婆婆总是欣然替她去张罗一番。这位生着肾病的老人带着女佣阿清亲自抛头露面，怎能不叫对方人家瞪大了眼睛瞧着。

一天，康子独守家中，她想到院子里活动活动，于是来到后门花坛旁边，这个面积一百坪的花坛，平时主要靠阿清精心打理。她拿起花剪，想剪几枝鲜花插在客厅里。

花坛周围的杜鹃花开得正旺，还有各种应时的花儿。有蝴蝶花、香豌豆、金莲花、矢车菊和金鱼草，满眼都是极易引人动情的花朵。她想，剪哪些好呢？说实在的，她对这些鲜花也不是太感兴趣。只要选择得如意，选哪种都可以立即到手，那种花该有多么美啊！真是无可比拟……她站着，白白"嘎嗒"着剪刀，空空咬合着的剪刀口儿，因为生锈，使她的手指感到一种轻微的阻力。

她心里突然想到了悠一，于是她对自己的母性之爱泛起了疑惑。如今，封闭于她体内、蛮横无理、乱踢乱撞的这个可爱的小东西，有朝一日从肚子里滑出来，那就不是悠一吗？她担心看到婴孩会感到失望，要是那样，还不如长年累月一直怀着大肚子更好些。

无意之中，康子剪下手边一棵淡紫色的矢车菊的茎，手里攥着一指长的茎连着的一朵花。"为何要剪得这么短呢？"她想。

清纯的心！清纯的心！康子感到这句话是多么空动，多么虚假！她痛切地感到自己已经是成年人了，近似复仇之心的清纯究竟是什么？每当以自己这块"清纯的招牌"仰视丈夫的眼睛时，她总是期待着丈夫那种羞涩而忸怩的表情，这不就是自我的快乐所在吗？然而，她从丈夫那里未能获得任何一种快乐，为此，只好藏起自己清纯的心，她把这个看成是自己的"爱"。

但是，那静谧的发际，美丽的眼睛，那汇聚着精巧线条的鼻梁和纤细的嘴角儿，由于轻度的贫血而显得高洁的肤色，下半身遮体的定做的宽大的衣服，还有那古典式的襞褶，所有这些都配合得天衣无缝。嘴唇被风吹干了，她用舌头不断地润泽着，为此，她的嘴唇显得妖艳无比。

放学归来，悠一打后门回家，他时常从花坛的栅栏门进来。门一打开就会响起急剧的门铃声。悠一不等门铃响，便一手摁住栅栏门，身子悄悄滑进了院子。他躲在一排米槠树荫里，瞅着妻子的身影。一种天真的恶作剧的心理，促使他这样做。

"从这儿看去，我很爱妻子。距离使我自由，站在伸手莫及的距离时，或者我只看着康子时，她是多么漂亮啊！那衣裳的襞褶，那头发，那眼神，一切都是那样清净！要是能一直保持这样的距离该多好！"

可是这时候，康子发现米槠树荫里一棵树干背后，露出了茶褐色的皮包。她呼叫悠一的名字，仿佛一个溺水的人呼喊救命一般。他走出树荫，她快步奔了过去，裙裾挂在花坛低矮的细竹护栏上了。康子在光溜溜的地面上摔倒了。

此时一种恐怖感袭上悠一心头，他闭上了眼睛，随后又立即跑过去搀起了妻子。只是裙子上沾了些红土，没有一点儿擦伤。

康子急促地喘着气。

"不要紧吧？"悠一焦急地问。话一出口，他就感到，刚才康子跌倒后自己的恐怖是出于某种希望，心里不由一惊。

这么一问，康子才开始害怕起来，刚才自己被扶起之前，她的心一直记挂着悠一，没有顾及孩子的事。

悠一让康子躺在床上，给医生打电话。不久，母亲和阿清回家了，看到医生也没觉得意外，一边听着悠一的叙述，一边提起自己怀孕时，从二三层楼梯上滑落下来，一点事儿没有。悠一问母亲，真的一点儿都不在乎吗？母亲眯细着眼睛说，你的担心也不是没有道理。悠一觉得自己可怕的希望被识破了，他感到手足无措。

"这女人的身子骨呀，"母亲带着一副给学生上课的口气，"看起来经不住摔打，可结实着哪！跌上一跤，肚里的孩子就像滑滑梯一样快活。倒是男人不争气，谁会料到你父亲那么脆弱，一下子就死啦！"

　　医生说，关系不大，还要注意观察。医生走后，悠一没有离开妻子一步。河田来电话，他叫人回绝说不在家。康子眼里溢满感激的神色，因而，青年不能不感到由于自己的认真所获得的满足。

　　第二天，胎儿又在母腹里用坚强的小脚丫儿自豪地踢腾起来了，一家人彻底放下心来。康子坚信，这骄矜而有力的一双脚腿，肯定是个男孩儿无疑。

　　这种真正的喜悦再也掩盖不住了，他给河田讲了这事。这个刚有几分年纪的实业家听了之后，那副傲岸的面孔明显流露出嫉妒的表情。

第二十四章 对话

　　两个月过去了，梅雨季节。俊辅到镰仓赴约，他在东京站横须贺线月台上车时，看见了两手插在风衣口袋里、一脸困惑的悠一。

　　悠一面前有两个衣着入时的少年。穿蓝衬衫的挽着悠一的手；穿胭脂红衬衫的卷着袖子，交叉着胳膊，面对着悠一。俊辅绕到悠一背后，从柱子后头倾听三个人对话。

　　"阿悠，你要是不同这小子一刀两断，那就干脆把我杀了！"

　　"又是老一套，算了吧！"蓝衬衫少年插了一句，"我和阿悠是割也割不断的关系，你算老几？在悠一眼里，你只不过是随捏随吃的小点心，瞧你那张脸，就像又甜又贱的小圆饼儿！"

"等着吧，看我把你杀了！"

悠一将手从蓝衬衫少年手里抽回来，用一副年长者的沉着的声音，说道：

"算了，算了。你们听我慢慢说，在这种场合，太不像话啦！"他转向蓝衬衫，接着说，"你也太像个管家婆啦！"

蓝衬衫少年突然露出孤独而又凶暴的神情。

"喂，劳驾，到外边来！"

胭脂红衬衫少年露出满口美丽的白牙，嘲讽似的说：

"混蛋，这里不就是外边吗？大家都戴着帽子穿着鞋走路啊！"

看到那场面非比寻常，老作家特意又绕回去，从正面走近悠一。两个人的眼睛很自然地碰到一起，悠一得救般地露出微笑，同他打招呼。好久没有看到如此充满友爱的动人的微笑了。俊辅穿着笔挺的花呢西服，胸前的口袋里插着漂亮的棕色格子手帕。这位老绅士和悠一一番毕恭毕敬的戏剧性寒暄，使得两个少年只得呆呆地看着他们。一个眼睛里满含媚态，同

悠一道了声"再见";另一个默默转过去身子。两人
消失了。横须贺线淡黄色的列车紧挨着站台轰隆隆开
过来了。

"你有危险的朋友吗?"

俊辅一边走向电车一边问道。

"这不,先生不也和我搭上关系了吗?"

悠一应付道。

"他好像说什么要杀要剐的……"

"您都听到了?那是那小子的口头禅。胆小
鬼,打不起架来。别看他们吵得很凶,其实关系不
错啊。"

"关系?"

"我不在的时候,他们都睡到一块儿啦。"

……电车开动了,他们面对面坐在二等车座席
上,互相都不问到哪里下车,只是默默望着窗外。细
雨飘零的沿线风景触动了悠一的心。

穿过湿漉漉的景色颓丧的灰色楼群街道,代之
而来的是工业街阴霾而昏黑的风景。湿地和荒芜的狭

窄草地的对过，有一家镶满玻璃的工厂，坏了几块玻璃，煤烟熏染得黑漆漆的屋里，大白天也亮着许多裸露的电灯泡，点点可见……电车有时经过高台上古老的木造小学校，U字形校舍空荡荡的窗户面向着这边。雨湿的校园看不见一个学生，只有油漆斑驳的肋木架伫立着……接着是连续不断的广告牌，什么宝烧酒、狮子牌牙膏、合成树脂、森永奶糖……

热了，青年脱掉风衣。他新做的西装、衬衫、领带、领带夹、手帕和手表等，极尽豪奢，同不太起眼的色彩保持调和。还有，从口袋掏出来的登喜路新款打火机、香烟盒，也足以惹人注目。俊辅想，他里里外外都是"河田趣味"。

"同河田君在哪里见面？"老作家嘲讽地问。正在点烟的青年，移开打火机的火焰，正面看着老作家。小小的蓝色火焰好像不是点着的，而是好容易坠在半空里的。

"您怎么知道的？"

"我是小说家啊。"

"真叫人吃惊。在镰仓鸿风园等着。"

"是吗？我的约会也在镰仓。"

两人暂时沉默了。悠一感到窗外黑暗的视野里，闪过一道鲜亮的朱红色，定睛一看，原来是列车正在通过重新涂漆的大桥的钢梁。

俊辅突然问道：

"你怎么了？爱上河田了？"

美青年耸耸肩说：

"别开玩笑啦。"

"你为什么要去会不爱的人呢？"

"不是先生劝我结婚的吗？和一个我所不爱的女人。"

"但是女人和男人不一样。"

"不，完全一样。都是一方赛烈火，一方似冰块。"

"鸿风园……好阔气的宾馆。不过……"

"不过什么？"

"你知道吗？那里是过去实业家包租新桥、赤坂的艺妓的旅馆。"

美青年像被刺伤了，沉默不语。

俊辅对下列这些现象一概闹不明白：这青年平时的生活竟然如此无聊难耐；要使这位那喀索斯不感到无聊，这世上只有镜子；如果镜子是牢狱，就可能将这位美貌的犯人终生幽闭起来；年长的河田至少学会了化身为镜子的本领……

悠一开口了。

"自从上次以来，一直没有见面。恭子怎么样了？从电话里得知，事情干得很漂亮……嘻嘻"——他笑了，他没有注意到，这种微笑是模仿俊辅的，"全都给干净、利落地收拾啦！康子、镝木夫人、恭子……我一直都是忠实于先生的啊！"

"你既然这么忠实，为何叫人撒谎说你不在家呢？"——俊辅不由狠狠地将了对方一军。这种毫不经意的托词已经做得很充分了，"最近两个月，我的电话你只接过两三次。我要和你见面，你总是含糊其辞。"

"我想，您有事会写信的呀。"

"我很少写信。"

……列车擦过两三个车站，雨棚外侧湿漉漉的月台上，孤独地立着站名牌。雨棚里面的月台幽暗而混杂，众多空漠的面孔，众多的雨伞……线路上身穿濡湿的蓝色作业服的工人，抬眼望着列车的窗户，那无目的眺望使他们两人更增添一层沉默。

接着，悠一想摆脱开来，他又重复问道：

"恭子怎么样了？"

"恭子吗？怎么说呢，我可一点儿都没有捞到我所希望的东西……黑暗中，我和你掉了个个儿进入那个女人的卧室之后，喝得烂醉的女人闭着眼睛直喊我'阿悠'，这时候我心中春情发动，短时间内，确实借助了你青春的形象……仅此而已。恭子醒来，直到早晨一句话也没说。自那以后，她芳踪杳然。依我看，那个女人因这件事从此身败名裂了。说可怜倒也真可怜，她本来没做什么坏事，不该使她这般倒运啊！"

悠一并没有受到良心的责备，因为他的行动动机和目的不会使他产生悔恨。他回忆中的行为是明朗的，既不是复仇，也不带欲望，没有一鳞半爪的恶意。这种行为仅仅控制着不会反复的一定的时间，由纯粹的一点走向另一点。

　　也许只有在那个时候，悠一将俊辅作品的作用发挥到了极致，免除了一切伦理的因素。恭子绝非遭到了算计。那个闭着眼睛躺在恭子身边的年老的男人，和白天伴随在她旁边的俊俏小伙子，本是同一个人。

　　对于自己创造的作品惹来的幻影和蛊惑，作者当然是没有责任的。悠一代表作品的外表、形态、梦境，以及对令她陶醉的酒不为所动的冷淡；俊辅代表作品的内部、阴郁的计谋、无形的欲望，还有制造行为官能的满足。从事同一种作业的同一个人，只是在女人眼里映现出两个不同的人物罢了。

　　"那种回忆的完美和灵妙实在无可类比。"青年若有所思地将视线转向细雨溟蒙的窗外，"我几乎无限远离了行为的意义，并且接近行为最纯粹的形式。我不为所动，而且穷追猎物。我不希望得到对象，对象却转换成我所希望的形状。我没有射击，可怜的猎物却中了我的枪弹而倒毙……就这样，那时从白天到夜晚，我心地晴朗明净，摆脱了过去那种给我痛苦、令我作伪的伦理的义务。我只管热衷一种纯粹的欲望好了：今宵要把女人搬到睡床上去。"

"……但是，这种回忆，在我却是丑恶的。"俊辅想，"在那一瞬间，我对和悠一的外部美相对称的我的内在美竟然也不相信了！苏格拉底在夏天某个早晨，横躺在伊利索斯河畔法国梧桐的树荫里，和美少年佩德罗斯谈话，直到暑气消散。后来，他向土地诸神祈祷的语言，我认为是地上最高的教训：'我的牧神以及这土地上至高至圣的诸神啊，请让我内部变得更美，请令我显现于外部的美和我内在的美融合在一起吧！……'

"希腊人具有罕见的才能，他们从造型的角度看待内的美，犹如大理石雕像一般。精神被后代任意毒害，被不具官能之爱所崇拜，被不具官能的侮辱所亵渎！年轻美丽的阿尔西比亚德，对苏格拉底的内在产生官能的爱恋，为了激发这位西雷诺斯一般的丑男的情欲，获得他的爱，他挨近他的身边，两人共同裹在一件斗篷中睡觉。这位阿尔西比亚德美丽的语言，当我在《会饮篇》里读到的时候，着实吓了一跳。

"'……我若不委身于您这般的人儿，我就没脸面对贤人们，这要比委身于您而受到无知大众的耻笑更加令我难过，令我难过。'……"

　　他抬起眼睛，悠一没有看他的眼睛。年轻人热心地望着极为细小而无意义的东西。沿线一家小户人家，主妇蹲在梅雨时节湿漉漉的院子里，一个劲儿扇炉子。洁白的团扇不住地晃动，可以时时窥见小小的火红的炉口……生活是什么？这多半是个无需说明的谜，悠一想。

　　"镝木夫人有信来吗？"

　　俊辅又唐突地问。

　　"每周一回，写得老长老长的。"悠一淡然一笑，"而且，每次都是把两口子的信装在同一个信封里。丈夫一张，最多两张。两人坦率得怕人，都说爱着我。最近夫人信里有这么一行字：'对你的思念使我们夫妻情投意合。'"

　　"竟然有这样奇怪的夫妇。"

　　"夫妻都是奇怪的。"

　　悠一孩子似的加了注解。

　　"镝木君在营林署干得很好，他还真能受得住哩。"

"据说夫人开始贩卖汽车了。看来都有事情做了。"

"是啊,那个女人会干得很好的……哎,对了,康子快要生产了吧?"

"嗯。"

"你就要做父亲了,这也很奇怪啊。"

悠一没有笑。他看着连接运河的船运公司关闭的仓库,看着雨水淋湿的栈桥和系着的两三艘新木船的颜色。标有白色号码的锈迹斑斑的仓库门板,排列在纹丝不动的河水岸边,浮现着漠然的期待的表情。仓库忧郁的影像投映在沉滞的水里。影像被搅乱了,远处的海域莫非有什么东西向这里涌来?

"你害怕了吗?"

这揶揄的口气,直接触动了悠一的自尊心。

"我不害怕。"

"你是很害怕。"

"我有什么好怕的呢?"

"你怕得很啊。要是不怕,你可以守着康子生产,可以确认一下你究竟怕些什么……然而你做不到呀。

谁都知道你是爱妻家。"

"先生打算向我说些什么呢？"

"一年前，你照我的话结了婚，那时你一度克服了的恐怖，如今你必须去采摘这种恐怖结下的果实……你信守着结婚时立下的那个誓言，那个自我欺骗的誓言。你说要真正使康子受苦，而唯独不使自己受苦。你始终从旁感到了康子的痛苦，作为旁观者的你也感到痛苦。你把这两者混淆在一起，错误地把这当作夫妇的爱情。不是吗？"

"您什么都清楚，怎么就把我找您商量流产的事儿给忘了？"

"怎么会忘呢？我是坚决反对的。"

"是的……我遵照您的吩咐做了。"

电车到达大船。他们看到车站对面山谷之间那座俯首观音像，脖颈高耸于烟霭萦绕的绿树林里，顶戴着灰色的天空。车站上气氛寂寥。

开车后不久，俊辅想到距镰仓中间只隔一站了，该说的话都要在这一段时间里说完，于是他加快了语速。

"你不想亲眼确认一下自己是无罪的吗？你的不安、恐怖和一些痛苦都是没有任何缘由的，对此，难道你也不打算亲自证实一下吗？……看来你是做不到的。假如你能够做到，你就能开始新的生活。不过，恐怕很难。"

青年反抗似的冷笑了一声。"新的生活！"说着，他用手仔细提了提熨得很平的裤线，重新架起腿来。

"您说'亲眼确认'，怎么个做法？"

"康子生产时，你守在她跟前。"

"什么呀，真是荒唐！"

"你做不到。"

俊辅击中了美青年的要害之点 —— 厌恶，像看着中箭的猎物般凝视着他。好大一阵子，青年的嘴角泛起了嘲讽、困惑和不快的苦笑。

在夫妻关系上，别人把快乐当羞耻，而悠一却把厌恶当羞耻，俊辅透过这一点观察悠一，发现康子是个丝毫没有得到爱的人，他非常高兴。但是，悠一必须直接面对这种厌恶。他的生活一方面不敢正视厌恶，一方面又沉溺于厌恶之中。直到今天，他是多么津津有味地吞噬着他所厌恶的一切啊——康子，镝木伯爵，镝木夫人，恭子，河田。

俊辅又在劝进"厌恶"这道美味的菜肴，他的充满教训的亲切的口气里，隐藏着永远无法实现的挚爱之情。该结束的必须快些结束，该开始的必须重新开始。

……这样，说不定悠一能从厌恶之中解脱出来。俊辅也……

"我只想做我喜欢的事，这件事我不能听您的。"

"可以……这样也好。"

电车快到镰仓了，悠一一下车就要到河田那儿去。一股痛切的感情袭上俊辅心头。可在口头上他故意加以掩饰，淡漠地嘀咕了一句：

"不过……你很难做到。"

第二十五章　转变

　　俊辅当时的这句话一直萦绕在悠一心头，越想忘掉越是忘不掉，实实在在地遮挡在他的眼前。

　　梅雨天一直晴不起来，康子的生产也推迟了，比预产期晚了四天。不仅如此，康子怀孕期间一直很好，临近产期，反而出现了一些令人担心的征兆。

　　血压超过一百五十，脚也出现轻度的浮肿。高血压和浮肿往往是妊娠中毒症的前期症状。六月三十日下午，出现第一次阵痛。七月一日深夜，每隔一刻钟袭来一阵疼痛，血压高达一百九十，她还主诉有剧烈的头疼，医生担心会是子痫的征兆。

　　常去就医的那位妇科主任，几天前让康子住进自己的大学医院，阵痛发生两天了，不见分娩的迹象。究其原因，发现康子的耻骨角度比一般人小，于是经过妇科主任会诊，决定使用产钳分娩法。

七月二日，这是梅雨时节偶然一见的盛夏天气。一大早，康子的母亲开车来接悠一，因为悠一早就说过，康子分娩那天他要守在医院里。亲家母互相客气地问候着，悠一的母亲说，自己也想跟他去，可拖着个病身子怕添麻烦，就不打算去了。康子的母亲是个健康、富态的中年妇女，上车之后，凭着日常那个脾气，她狠狠数落了悠一一番。

"听康子说，你是个理想的丈夫，可是我呀，倒也是个眼光很高的人哩。我要是还年轻，不管你成家没成家，我都不会放着你不管。我主动找上门来一定使你怪难为情吧？我只有一个请求，那就是好好瞒住康子。不会搞欺骗的人，不可能有真正的爱情。我绝对守口如瓶，你有什么真心话，只管对我讲好了。近来有些什么开心的事吗？"

"不行，决不上她的当！"

对于这个躺着晒太阳的牛一般的女人，要是说出"真心话"来，她会产生何种反应呢？悠一心里浮现出一种危险的想象。这时，夫人的手指伸到他眼前，急急触摸他垂到前额上的头发，使得青年大吃一惊。

"哎呀，我还以为是白发呢，原来是头发闪光呀。"

"真的？"

"所以我也吓一跳。"

悠一看了一眼外面灼热闪耀的光景。上午，在这条街道的一个角落，康子正在受着阵痛的煎熬。悠一感到这种剧烈的疼痛历历如在眼前，他的手能够掂量出这种痛苦的分量。

"不要紧吧？"女婿问。看到他如此不安，康子的母亲轻蔑地回答："不要紧。"这些全然关系到女人的事情，她抱着乐观的自负，因为她心里明白，只有这样才能使这位年轻的没有经验的丈夫放下心来。

车子在十字路口停下来，这时听到了警笛声。一看，煤烟熏黑的灰色的街道上，径直驶来了童话般色彩鲜亮的火红的消防车，车体几乎跳跃着前进，车轮轻轻擦着地面，眼看着要飘起来，周围响起阵阵轰鸣。

消防车越过悠一和康子母亲的车子，有两个人从飞驰的车尾后窗探出身子，寻找失火的地点。看不见哪里着火。

"混账，偏偏这个时候失火。"

康子母亲说。这种大白天，即使身边着火，也肯定见不到火焰。不过话虽如此，看样子确实是哪里失火了。

……悠一进了病房，为痛苦中的康子擦去额上的汗水，眼看就要分娩了，他赶在这之前来到医院，连自己都觉得奇怪。一定有一种近似冒险的快乐在诱惑他吧？他不管在哪里，都无法逃脱对痛苦中的康子的思念，所以，对她的痛苦的一种切身感受促使这个青年奔向妻子身边。平素不愿回家的悠一，就像回到"自己家里"似的来到妻子的枕畔。

病房里很热，通向阳台的门敞开着，白色的窗帘遮挡着阳光，有时候窗帘只是微微被风鼓起来一下。直到昨天还在下雨，刮冷风呢，所以没有提前准备电扇。母亲一走进病房就感到了，立即出去打电话叫家里送电扇来。护士有事不在，只有悠一和康子两人。年轻的丈夫为她擦拭汗水，康子深深吐了口气，睁开眼来，她的汗手本来紧握着悠一的手，这时稍稍松开了。

"又稍微轻松些了，现在不疼啦，要尽量保持下去。"

她这才想起来，打量了一下周围。——"怎么这么热啊！"

悠一看到康子轻松了，他很害怕。她不疼的时候，表情里总是闪现着悠一甚感可怖的日常生活的鳞片。年轻的妻子叫丈夫拿来手镜，给她梳理一下痛苦时纷乱的头发。没有化妆的苍白的脸庞稍微有些浮肿，其中有几分她自己不能理解的痛苦的崇高性的丑陋。

"很脏呀，真是对不起。"她用只有病人才有的自然而可爱的神情说，"我会很快又变得漂亮的呀。"

悠一抬头望着那张经受痛苦折磨的孩子似的面孔，他不知怎么对她说明才好。正是这种丑陋和痛苦，使他如此亲近妻子，沉浸于人的感情之中。他爱她这种表情，处在自然与和平之中的妻子，反而使他疏离人的感情，一味留恋着他自己没有爱的灵魂。这些又如何能对她讲明白呢？然而，悠一的谬误在于他顽固地不相信，眼下自己的温柔之中，也包含世上寻常丈夫的体贴之情。

母亲和护士一起来了。悠一把妻子交给两个女人，自己到阳台上去了。三楼的阳台可以俯瞰院子，隔着院子可以看到许多病房的窗户，以及楼梯口的大玻璃窗。他看到穿着白大衣的护士从楼梯下来。透过玻璃，可以看到楼梯大胆倾斜着的平行线。上午的阳光从相反的角度照进去，斜斜切断了那些平行线。

悠一在剧烈的光线里闻到了消毒药水的气味，他想起俊辅的话："你不想亲眼证实一下你是无罪的吗？""……那个老人的话里总是含有迷惑人的毒素……他叫我看着自己确实厌恶的对象生下自己的孩子来。他看穿了我会这样做的。他那残酷而甘美的劝诱里，充满了扬扬得意的自信。"

他的手扶在铁栏杆上，被太阳晒得温热的生铁给他一种感触，悠一忽然想起蜜月旅行时，他拽下领带，抽打旅馆阳台铁栏杆的情景。

悠一的心里产生了一种无可名状的冲动。俊辅在他心目中构筑的鲜明的痛苦以及由此唤起的厌恶的回忆，缠绕在青年心头。对此加以反抗，或者进行复仇，或者委身于它，几乎都是同义语。在认定厌恶的根源这种热情里存在一种欲望，很难分清是寻求快乐源泉的肉欲，还是受官能支配的探究欲。想到这里，悠一心里一阵战栗。

康子病房的门打开了。

身穿白衣的妇科主任带着两个护士推着移动床进入病房。这时，康子又受到了阵痛的袭击。年轻的丈夫跑过来握住她的手，她大声呼唤着他，仿佛呼叫远方的人。

妇科主任莞尔微笑着说：

"再忍耐一下，再忍耐一下。"

他那一头优美的白发，一看就知道是个可以信赖的人。对于这位满头白发、德高望重、光明正大的国手的一番好心，悠一也是抱有敌意。对于妊娠、对于多少有些不寻常的困难的分娩，还有对于即将出生的孩子等的一切担心、一切关怀，都从他身上消失了。他所想的只是看一看那个罢了。

痛苦的康子被搬上移动床，紧闭着眼睛，额头渗出好多汗水。她那纤弱的手，再度无目的地摸索着悠一的手，青年握住了，俯下身子，她那失血的嘴唇凑向悠一的耳畔。

"跟着我，你不在我身边，我就没有勇气生孩子。"

还有比这更赤裸裸、更使人动心的自白吗？悠一受到一种奇特的想象的冲击，妻子果真看穿他内心的冲动，打算拉他一把吗？这瞬间的激动无可比拟。他很珍爱妻子这种无私的信赖，别人也明显看到这个丈夫的脸上，浮现出过于激动的表情。他抬眼望了望妇科主任。

"什么事？"博士问道。

"妻子叫我一直跟着她。"

博士捅了捅这个纯情的没有经验的丈夫的胳膊肘，在他耳边郑重地低声说道：

"偶尔也有一些年轻妻子这样要求，不必当真。要是这样，你和你夫人都会后悔的。"

"不过，妻子说，要是我不在……"

"你夫人的意思我明白，马上要做妈妈了，这对孕妇就是莫大的鼓舞。你在场，一个男人待在旁边，不像话呀。首先，你有这份心思，肯定会后悔的。"

"我决不后悔。"

"不过，不管哪个做丈夫的都要逃掉的，我还没见过你这样的人。"

"大夫，求您了。"

那种演戏的本能，此时使得悠一扮作一个年轻的死心眼儿的好丈夫，他只顾担心妻子的安危，谁的劝说也不听。博士轻轻点点头。康子母亲听到了他们两人的对话，吓了一大跳。"莫不是说梦话吧？我要进去陪伴的。"她说。

"算了吧，一定会后悔的。再说，把我一个人撂在休息室，也太过分啦！"

康子不放开悠一的手。他感到那只手徒然被强有力地拉了过去，原来两个护士开始推移动床了，病房管理人打开房门，正要把她们引到走廊上。

一群人围着移动床乘电梯到了四楼，在冰冷的闪光的走廊上徐徐滑动。车轮越过走廊地面上的接缝，康子闭着眼睛，随着微微的震动，她那白皙而柔软的下巴颏毫无抵抗地点了点。

产房的门左右敞开，将康子母亲一人留在外头，紧接着又关上了。关门之前，母亲说道：

"真的，悠一，你会后悔的呀。半道上要是害怕，就马上出来吧，不要紧的，我坐在走廊的椅子上等你。"

悠一答应一声笑了，那笑脸就像自动走向危难的人，显得很滑稽。这个好心眼儿的青年，自己确实感到了一种恐怖。

移动床靠近产床一边，康子的身体被搬了上去。产床两侧竖立着两根柱子，护士迅速将柱子之间低矮的帘子拉上了。产妇胸前这道帘子遮蔽了康子的视线，使她看不见器械和手术刀残酷的寒光。

悠一一直握住康子的手，站在她的枕畔。于是，他看到了康子的上半身，同时也看到了隔着低矮的布帘康子自己看不到的下半身。

窗户朝南开着，风轻轻吹了进来。这位脱掉上衣只穿一件衬衫的年轻丈夫，领带被风吹到肩头上。

他干脆把领带的一端插进衬衫前胸的口袋里了。看那动作，就像一个埋头事务的大忙人一般敏捷。话虽如此，但悠一所能干的，也只是紧紧攥住妻子汗淋淋的手心罢了。痛苦的肉体和没有痛苦、只是观看着的肉体之间，存在着一段任何行为都无法填补的距离。

"再忍耐一下，马上就好。"

护士长在康子的耳边说。康子一味紧闭着眼睛，悠一发现妻子不再看他，感到很是自由。

妇科主任洗了手，卷起白衣的袖子，带领两个助手进来了。博士不再看悠一一眼，他用手指向护士长打了招呼，两个护士将康子躺着的产床下半部分拆掉，在上半部分下端装上两个牛角形的向空中翘起来的奇怪的器具，康子的两只脚伸进去叉开，被固定下来。

胸前低矮的帷帘是为了不使产妇看到自己的下半身，那里已经作为一种物质、一个客体，变得惨不忍睹了。但是，另一方面，康子上半身的痛苦纯粹是一种精神的痛苦，和已经变成客体的下半身那种无所凭依的痛苦毫无关系。握着悠一手那只手的力量，不再是一个女人的力量，而是康子为了摆脱自身的存在而付出的一种旺盛的痛苦和倨傲的力量。

康子呻吟着。风不时停下来，燥热的室内，呻吟声犹如众多苍蝇的羽音在空气里飘荡。她突然想翻身，未能成功，身子落在硬邦邦的产床上了。她闭着眼，把头迅速向左右转动。悠一想起去年秋天，和一面之识的学生，大白天在高树町的一家旅馆睡了一觉，朦胧之中听到消防车的警报声时，他想道：

"……既然我要使自己的罪愆变得更加纯粹而绝不会被烈火烧焦，那么我的无辜就必须首先钻进烈火，不是吗？我对康子而言是完全无辜的……我不是曾经为了康子而希望脱胎换骨？现在呢？"

他转向窗外的风景，歇息眼睛。夏日的阳光烈火一般照射着省线电车线路对面广大的园林。椭圆形的运动场，看上去像闪光的游泳池。那里没有一个人影。

康子的手再次用力拉着美青年的手，那手上的力量仿佛要唤起他的注意。于是，他不得不看到护士交到博士手里的手术刀，闪耀着锋锐的光亮。这时，康子的下半身犹如呕吐的嘴巴一样蠕动起来，上面罩上一块帆布似的厚布，导尿管引出来的尿，混合着涂满红药水的水滴，顺着厚布流淌下来。

罩在涂满红药水裂口的帆布，发出哗哗流动的声响。开始局部麻醉注射，手术刀和产钳进一步扩大裂口，那里的血溅到帆布上流下来。这时，康子鲜红而错杂的内部，映入这位没有一点儿残忍之心的年轻丈夫的眼帘。悠一一直将妻子的肉体当作无缘的瓷器一般看待，如今看到那里皮肤剥离，露出了内部，感到十分惊讶，他已经不能再当作一种物质对待了。

"看下去，无论如何，得坚持看下去。"他一边觉得恶心，一边在心里嘀咕，"那无数闪光的红宝石般湿漉漉的组织，因皮下出血而浸染的柔软的东西，弯弯曲曲的东西……外科医生对这些已经司空见惯了。我也不是不能做一名外科医生。妻子的肉体对于我的欲望来说，既然只能是一件瓷器，那么同一肉体的内部，也同样不可能属于别的什么东西。"

他的感觉的真实立即背叛了如此的强辩，妻子被翻转的肉体的恐怖部分，事实上超过了瓷器。他的人性的关心超过了对妻子痛苦的共鸣，显得更加深刻。他面对无言的鲜红的肉，看着湿淋淋的断面，视线仿佛被那里武断地强制着一般。痛苦超不出肉体的范围。青年认为，这就是孤独。然而，这种显露出来的鲜红的肉不是孤独。这肉连接着悠一体内确实存在的肉，即便在漠然旁观者的眼里，也会立即得到传播。

悠一发现更加清洁的银光耀眼的残忍的器具，又被博士攥在手中了。这是一把像是拆掉支点的大剪刀形的器具，在刀刃部分弯曲成一双大汤勺形状，一只先深深插入康子的体内，另一只交叉着插进去。然后安上支点，成了一把钳子。

年轻的丈夫如实感到，这种器具粗暴地闯入自己所触摸着的妻子肉体遥远的一端，为了抓住什么东西，这只金属的手开始摆动起来。妻子紧咬下唇，他看到了她雪白的门齿。他觉察到，即使在这痛苦的时刻，那种世上至亲至爱的信赖的表情，未曾在妻子脸上消泯，但他没有吻她一下。这位青年缺乏一种自信，就连这般亲密的接吻，都不会因为冲动而自然产生。

钳子在血肉泥泞之中找到了胎儿柔嫩的头颅，

立即夹住。两个护士一左一右按住康子苍白的腹部。

悠一一门心思相信自己是无辜的，或者说念念不忘更确当。

这时，悠一看看痛苦至极的妻子的脸，又看看曾经被他当作万恶之源的那个部分，正在如火一般鲜红，他的心改变了。悠一那为所有男女赞叹、仿佛只为供人观赏而存在的美貌，开始恢复本身的机能，眼下只为观看而存在了。那喀索斯忘记了自己的脸孔。他的眼睛向着镜子以外的对象。他曾经直视过酷烈的丑恶，这和观察他自身是一样的。

以往悠一存在的意识，无一不是"被人观看"。他感到自己存在，就是因为他感到被人观看。即使不为人观看，自己也确实存在着，这种全新的存在意识使得这个年轻人陶醉了。就是说他自身也在观看。

多么透明而轻快的存在的本体！对于忘记自己面孔的那喀索斯来说，他甚至认为那张面孔是不存在的。妻子那张因痛苦而忘我的脸孔，但能睁开眼睛看看丈夫，那么她一定会很容易发现和自己同一世界的人的表情。

悠一松开了妻子的手。他的双手触摸着自己汗津津的额头，犹如触摸一个新的自己。他掏出手帕擦汗。这时，他看到妻子的手依然保持着握住自己的手的手型，悠一即刻将自己的手伸进那个像铸造成的手型里，反握着。

……羊水滴下来了。闭着眼睛的婴儿露出了头颅。康子下半身的作业，就像抵抗暴风雨的船员的作业，类似齐心合力的体力劳动。这全凭一种力量，是用人力拖出一个生命来。悠一通过妇科主任白衣的襞褶，看到了肌肉不停地运动。

婴儿从桎梏里滑落出来，这是一个灰白的泛着微紫色的半死的肉块，听不出任何动静。不久，这个肉块呱呱啼哭起来，随着哭声渐渐潮红了。

切断脐带，护士抱起婴儿，送给康子看。

"是小姐呀。"

康子似乎没听清楚。

"是个女孩子。"

这样一说，她轻轻点点头。

在这之前，她一直默默睁着眼，她的眼睛既不看丈夫，也不看拉出来的婴儿，看上去也没有浮现出笑意。这种无动于衷的表情正是动物的表情，而人不大会露出这副表情来。与此相比，人的任何喜怒哀乐的表情，都只不过像一副假面具。悠一心中的"男人"作如是想。

第二十六章　一醉醒来是夏天

生下的孩子取名"溪子"，全家无限欢乐。尽管如此，和康子的愿望不一样，生下的是个女儿。产后住院一星期，康子还是心满意足的，不过时时迷恋于一个难解的谜之中：为何是个女孩子，而不是个男孩子呢？"难道希望生个男孩儿也错了吗？"她想，"抓到一个酷似丈夫的漂亮儿子，大大高兴一场，难道从一开始就是错误的空想吗？"现在虽说还看不出来，但婴儿的长相，比起母亲来，似乎更像父亲。溪子每天都要量体重，秤就在产妇睡床的旁边。产后身体状况良好的康子亲自把增加的体重画成了图表。起初，康子看到自己生下的婴孩还未成人形，觉得怪可怕的，但经过第一次喂奶时刺激的疼痛，以及紧接而来的几乎是不道德的快感，再看看这个奇妙的显得有些不高兴的分身，她不得不打心眼儿里感到疼爱。还有，周围的亲戚，前来探望的人们，都把这个还未成人的存在硬看作一个人，用她听不懂的语言逗弄她。

康子两三天前一直尝到的那种可怖的肉体上的痛苦，同悠一给她的那种长期的精神上的痛苦，两相比较，前者一旦过去就是平和，而后者却绵远久长，迟迟不得治愈，然而她却由此看到了希望。

最早觉察悠一转变的不是康子，而是悠一的母亲。这个直率的不加伪饰的灵魂，凭着天生的单纯性子，第一个看到了儿子的变化。她一听到平安生产，就留下阿清看家，叫一辆车子，一个人跑到医院来。一打开病房的门，守在康子床边的悠一，立即跑过去抱住了母亲。

"好危险，我要倒了啦！"——她一边挣扎，一边用小小拳头捶打悠一的胸膛。

"别忘了，我可是个病人啊。哎呀，你的眼睛很红，怎么，哭啦？"

"太紧张，太累啦。她生产时，我也跟在身边呢。"

"跟在身边？"

"可不嘛！"康子母亲说，"怎么阻止，悠一君都不听。康子也紧紧攥住悠一君的手不肯放。"

悠一的母亲看看卧床的康子，康子虚弱地笑了，看不出有什么脸红。母亲扫视了一圈儿，最后又看看儿子。那目光仿佛说：

"好奇怪的孩子，看到那种可怕的场面，你感到自己和康子是真正的夫妻，这才显露出分享那份愉快秘密的表情来。"

对于母亲的这种直觉，悠一觉得比什么都可怕。可同样的情况，在康子看来一点儿也不觉得可怕。她在痛苦过去之后，想到自己让悠一站在身边看自己生产，丝毫不觉得难为情，对这一点连自己都感到惊讶。康子也许朦胧地意识到了，只有这样，才能使悠一切实体验她自身的痛苦。

进入七月后，除了几个科目要补课之外，悠一可以说已经开始放暑假了。但是，他白天大多待在医院里，晚上照例到什么地方游玩。不去会见河田的晚上，他仍旧恶习难改，就去俊辅所说的"危险的朋友"

那里寻欢作乐。

除罗登之外其他几个圈内的酒吧，悠一也是一位常客。一家酒吧的客人九成是外国人。其中，甚至有男扮女装的现役宪兵。他围着妇女的披肩，走起路来，对每位顾客都呈现出一副媚态。

在艾丽兹酒吧，几个男娼向悠一打招呼，他对他们回了礼，不由自笑起来。"这些就是危险的朋友吗？我就是和这帮爱吃醋的软骨头交往啊！"

梅雨时节的雨，打从溪子出生的第二天又下起来了。一家酒吧位于后街一片泥泞的深处，客人大多喝得烂醉，裤子上溅满了泥水出出进进。有时候，雨水淹没门口的地面，靠在粗劣墙壁边的几把雨伞的水滴，又不断增长着水势。

美青年默默看着面前简单的菜肴，还有灌满普通酒水的酒壶和酒杯。酒杯里的酒满得几乎溢出来，荡漾着一圈儿透明的浅黄色。悠一眼看着这只酒杯，这是任何幻影都无法介入的一只酒杯。然而，也仅仅是一只酒杯，而不是任何其他东西。

他泛起了一种奇思怪想，他觉得以前从未见到过这种东西。过去，同样一只酒杯，和悠一所描绘的幻影，以及悠一心目中产生的一切影像保持着距离，看上去犹如伴随所有影像的附属体而存在，但现在，杯子离得更加遥远，仅仅作为一个物象而存在。

逼仄的店面里有四五个客人。如今，不管再到圈内哪家酒吧来，悠一不经受些冒险是不肯回家的。年长者甜言蜜语地接近他，年少者对着他眉目含情。今晚，悠一身边就有一个和他同年岁的快活的青年，不断向他劝酒。他深爱悠一，这从那不时盯着悠一侧影的目光里看得出来。

青年的眼神很美，笑起来很清纯。这些又算什么呢？他渴望爱，这并非缺乏自知之明的妄想。为了宣扬自己的身价，他不厌其烦地讲述众多男人追求他的故事。虽说有些令人生厌，但这种自我介绍带有gay的癖性，如此程度，不足追究。他穿戴入时，身段也很好，指甲修剪整齐，胸间露出一线雪白的内衣，清清爽爽……然而，这又算得了什么？

悠一黯淡的目光，转向墙上张贴着的拳击选手的照片。失去光辉的恶行较之失去光辉的美德，要无聊数百倍。或许恶行之所以称作罪恶的理由，就在于不容许自我满足的偷安这种反复引起的无聊之中。恶魔之所以无聊，不外乎对恶行要求永恒的独创性倒了胃口。悠一知道全部过程，假如他对青年显示出会意的微笑，那么两个人就可以放下心来喝到深夜。一旦店里打烊，他们俩就将离开那里，装作酩酊大醉的样子，站在旅馆门前。在日本，两个男人共居一室并不奇怪。两人锁在楼上的一间屋子里，就近倾听着深夜货运列车的汽笛声。长久的接吻代替问候，脱衣，熄灯，有广告灯照亮毛玻璃窗，老朽的双人弹簧床发出声声哀鸣，拥抱和急促的接吻，消汗之后两个冰凉的裸体最初的磨合，发油和肉香，充满无限焦躁的相同肉体满意的摸索，背叛男人虚荣心的低声叫喊，被发油濡湿的手……还有，可怜兮兮的假意的满足，淋漓汗水的蒸发，枕畔供摸索的香烟和火柴，两双微微闪光的湿润的白眼，大河决堤般漫无边际的长谈，然后，暂时失去欲望的两个男人，孩子似的玩耍起来，深夜里掰腕子，模仿摔跤，此外还有各种愚蠢无聊的举动……

"即使和那青年一起外出，"悠一盯着酒杯思量着，"也不会有什么新鲜玩意儿，依然不能满足自己关于独创性的要求。男人之间的爱为何这样变幻无常。不过，事情过后，最终回到单纯而清净的友谊之上，这种状态不正是男色的本质所决定的吗？情欲燃尽，相互还原为单一的同性个体。这种孤独的状态，不正是男人被赋予的那些情欲所制造的吗？"这个种族因为皆是男人而互相爱恋，但实际上，不正因为这种相爱，才残酷地发现彼此都是男人吗？相爱之前这些人的意识里有一种暧昧的东西，这种欲望之中，较之肉欲，有一种更接近于形而上学的欲求。这究竟是什么呢？"

总之，他随处看到的是一种厌离之心。西鹤男色故事中的恋人们，最后的结局只有出家或殉情。

"要回去了吗？"

看到悠一要结账，青年问道。

"嗯。"

"从神田车站走吗？"

"是神田车站。"

"好，我和你一道去车站吧。"

两人走出泥泞的场地，穿过铁桥下面杂沓的饮食街，慢慢向车站走去。晚上十点，横街上十分热闹。

一时停的雨又下起来了。酷热郁闷。悠一穿着白开领短衫，青年穿蓝开领短衫，提着文件包。道路狭窄，两人共撑一把伞。青年说想吃冷饮，悠一表示赞成，于是一起走进站前一家小咖啡馆。

青年说话的口气很快活。他谈到自己的父母，可爱的妹妹，说家里是做生意的，在东中野开设一座很大的鞋店。他又提起父亲对自己寄予多么大的期望，他本人也有些少量的存款……悠一瞧着青年那张相当英俊的庶民的面孔，听他讲述着。这样的青年，正是为着凡庸的幸福而生存。若是要支撑这类的幸福，他所具备的条件几乎完美无缺，除去那无人知晓的、极其无辜的、秘密的缺点！这瑕疵瓦解了他的一切，嘲讽般地给这张凡庸的青春的面孔罩上一种形而上学的阴翳。尽管他自己尚未意识到，这种阴翳说明他已经被高级思想上的苦恼折磨得筋疲力尽了。假如他没有这样的瑕疵，那么他肯定会成为这样一个男人：到二十岁有了第一个女人之后，就会像四十岁的人那般自我满足起来，并且，一直到死都会不停地回味着这种满足。

电扇在两人头顶上磨磨蹭蹭地旋转着。凉咖啡里的冰块早已溶化了。悠一的香烟吸光了，又向青年要了一支，他想，要是两人相爱而一起生活，又会是什么结局呢？他想着想着，觉得很好笑。两个男人，既不会大扫除，又不会干家务，除了相爱，就是整天在一起过着吞云吐雾的生活……烟灰缸立即填满了……

青年打了个哈欠，张着幽暗而光滑的大嘴巴，嘴里排列着整齐的牙齿。

"对不起……不是因为无聊……说真的，我一直想早一点从这个圈子里摆脱出来。（悠一认为，这不意味着不再热衷于 gay，而是想早些和选定的对象进入巩固的生活。）……我呀，有一种护身符，给你看看吧。"

他本以为自己还穿着上装，随手去摸胸前的口袋，忽然想起来，说不穿上装时都是装在包里提着走的。那包就放在青年的膝头旁边，一侧的皮革已经有些起毛、变形了。性急的青年慌忙拉开小锁，包一下倒了，里面的东西一个个稀里哗啦掉在地板上。青年连忙弯腰去拾，悠一没有帮他，在明晃晃的荧光灯下，清清楚楚地看到了青年捡起来的那些东西。有化妆水，有发油，有梳子，有香水。另外还有一个雪花膏瓶子……想到要在外面过夜，随身带的都是些早晨梳洗的用具。

一个男人，又不是什么演员，包里装着化妆品走来走去，真是难以形容的悲惨和丑恶。那青年毫不在乎他给悠一留下的这个印象，他把香水瓶子高高举起来，对着灯光照照看有没有破，脏污的瓶子里只剩下三分之一的香水了，悠一对他的这种表现更是难以忍耐。

青年把掉的东西全部拾掇完，疑惑不解地看了看不肯帮他的悠一。因为长久低着头，他的面孔已红到了耳根，这时似乎想起刚才为何要打开提包，他又低下头，从包内盛小物件的口袋里，掏出一个小小的黄色的东西，尖端上穿着红丝线，拿到悠一眼前摇晃着。

接过来一看，原来是一只用黄丝线编织的缀着红带子的小草鞋。

"这就是护身符吗？"

"嗯，向人要的。"

悠一毫无顾忌地看看手表，说该回家了。他们出了店，来到神田车站售票口买了车票。青年到东中野，悠一到 S 站，两人乘同一条线路的电车。快要到达 S 车站了，悠一准备下车。那青年心想，悠一这样做是为了掩饰两人去同一地点的尴尬。觉得十分狼狈的他紧紧攥住悠一的手不放，悠一这时想起痛苦中的妻子的手，厌恶地甩开了。那青年伤了自尊，但还是把悠一的不礼貌当作开玩笑，勉强笑了笑。

"非在这里下车不行吗？"

"是的。"

"那好，我也跟你一起走。"

他和悠一一同从夜深人静的 S 站下了车。"我也跟你一起走。"青年执拗地说道，他故意显得醺醺欲

醉的样子。悠一生气了，突然想起他应该去的一个
地方。

"和我分手要到哪儿？"

"你不知道吗？"悠一冷冷地说，"我可是有老
婆的！"

"什么？"青年面色苍白，呆然而立，"这么说，
你一直在捉弄我！"

他停住脚步哭起来。一看到这个喜剧性的结果，
悠一火速逃离现场，登上台阶，也未觉得有人追过
来。走出站，在雨里跑着，一座寂静的医院出现在他
面前。

"我就是要到这里来的。"他一个劲儿想，"一看
到那家伙包里掉在地板上的东西，我突然就想跑到这
里来啊！"

按道理，是应该回一趟家看看倚门而望的母亲
了。他不能在医院过夜，但不路过医院看看，他就睡
不好觉。

大门值班人员还没有睡，在下象棋。那只昏黄
的电灯老远都能看到。传达室窗口守着一张黑暗的脸

孔，幸好都还记得悠一的模样，对这位亲自看着妻子生产的丈夫有着好感。悠一找了个文不对题的借口，说有件重要东西忘在病房里了。值班人员说，大概睡下了吧，但这位年轻模范丈夫的表情打动了他。悠一登上了灯火黯淡的三楼，他的脚步声踏在深夜的楼梯上，十分响亮。

康子没有睡着，朦胧中听到卷着纱布的门轴似乎在旋动，一种恐怖蓦然袭来，她折身而起，打开台灯。她看到站在灯光之外的人影是丈夫，未曾等到放下心来，首先是胸中涌起一股难言的激动欢喜之情。悠一穿着开领衬衫的洁白而宽大的胸脯，逐渐靠近康子的面前。

小两口三言两语随便说了几句，对于丈夫为何三更半夜跑来医院，康子凭借她天生的聪敏，没有打算追问。年轻的丈夫将台灯转向溪子睡的婴儿床，孩子半透明的洁净的小小鼻孔，煞有介事地轻轻呼噜着。悠一迷醉于自己凡庸的感情里，这种感情过去一直在他心里沉睡，如今终于找到足以承受这种感情的如此安全可靠的对象，以至于令他陶然其中了。他温存地告别了妻子，今夜，他有充分理由可以美美地睡一觉了。

*

康子出院回家的第二天，悠一刚起床，阿清就来赔不是，说悠一经常打领带照的挂镜，被她扫除时不小心打碎了。这件芝麻大的离奇事引得他笑起来。这也许标志着美青年从镜子传奇般的魔力中解放出来了。去年在 K 町旅馆，他中了俊辅赞美的毒计，打那时起，他就和诡秘的镜子结下不解之缘。悠一想到了那面使他养成这一癖好的漆黑的小巧的梳妆台。从前的悠一，遵从男子一般的习惯，自觉地禁止认为自己美。今天早晨，打碎镜子之后，他还会再次回到这种禁忌之中吗？

某日晚上，加吉家里为一个回国的外国人举行饯别会。有人传话来，说悠一也受到邀请。悠一的出席，是这天晚宴上的重头戏，他的到来将在众多客人面前为加吉长脸。悠一深知这一点，犹豫半天，终于还是答应了。

一切都和去年圣诞节的 gay party 一样。受到邀请的青年们集中在罗登待命。他们都穿着夏威夷衬衫，事实上这种衬衫对他们非常合适。和去年相同，阿英和绿洲的阿君是一伙，外国客人一律都是生面孔，这些陌生的客人看上去很新鲜。这边也有新人，阿健是，阿胜也是。前者是浅草大鳗鱼店老板的儿子，后者是银行分行行长的儿子，是一个出了名的规矩人。

为了消解雨天到来之前的燥热，大伙儿面前摆着冷饮，一面随便闲聊，一面等着迎接外国客人车子的到来。阿君讲了一件有趣的事，新宿过去一家大水果店的老板，拆除战后的老店铺，打算盖两层楼的建筑，他作为经理参加奠基典礼。这位老板一本正经地捧着杨桐树枝，年轻的美男子专务董事也跟着他捧着杨桐树枝。这个仪式在不知底里的别人眼里，显得十分平常，实际上，他们是在众目睽睽之下举行"秘密婚礼"。过去，两人长期以来是情人关系，一个月前，经理办完离婚之后的未了事项，从奠基典礼那天晚上就开始进入同居生活了。

青年人穿着五颜六色的漂亮的夏威夷衫，在这家常来常往的店里，自由自在地坐在椅子上。每个人的脖颈都剃得溜光，散放着浓烈的发油气味，皮鞋也都像刚买来似的擦得很干净。有人将胳膊肘儿支在台灯座上，嘴里哼着流行的爵士乐，把留着一道缝隙的旧皮革杯子，反过来打开，里面有两三个黑底里刻着红绿小点儿的骰子，他带着一副大人般的倦怠的神色，玩着那几个骰子。

他们的未来应该刮目相看！为孤独的冲动所左右，或者被无辜的诱惑所欺骗，步入这个世界的少年们，他们中少数人抽到了幸运签，走上顺当的道路，出乎意料地到外国留学；剩下的大多数人不久就会得到浪费青春的报应，抽中不幸的签子，及早迅速老丑下去。他们青春的面颜，已经留下充满好奇心的耽于酒色和接连不断的刺激的欲望，留下了不为一扫而过的目光所注意的荒废的痕迹。十七岁就喝惯了金酒，身上散发着从外国人那里得到的香烟味，那种放荡依然维持着不知恐怖的天真的假面，甚至绝不留下悔恨的种子。大人们送的额外的零用钱，秘密的用途，不劳而获的消费欲望，装饰自己的本能的觉醒……所有这些快活的堕落都不留影像，不论何种形态，青春完全可以自我满足，他们永远逃不脱肉体的纯洁。为什么呢？因为通常失掉纯洁就会意味着一种完成，他们不具完成感的青春，使得他们不想失去任何一件东西。

"不争气的阿君。"阿胜说。

"二赖子阿胜。"阿君说。

"铁公鸡阿英。"阿健说。

"混蛋！"阿英骂道。

这种粗俗的口水仗，正像关在玻璃房子里的小狗，你咬我一口，我咬你一口。

天气燠热，电风扇送来的是湿热的气流。大家对今天夜里的远行开始感到厌倦了，这时，外国人开车来接他们了。这是两辆围着布幪子的大篷车，一下子又激起了大伙儿的兴趣。车子开到大矶要花两个小时，一路上，他们沐浴着含有雨气的夜风，笑语声喧。

＊

"阿悠，你来得正好。"

加吉满怀天真的友情，快活地拥抱着悠一。加吉穿的夏威夷衬衫上，画着帆船、鲨鱼、椰子和大海的景色，这个比起女人还要敏感的主儿，陪着悠一走进海风吹拂的大厅，就迅速将嘴巴挨近悠一的耳边，问道：

"阿悠，最近有什么事吗？"

"老婆生孩子啦。"

"是你的吗？"

"还能是谁？"

"这太好啦。"

加吉大笑起来，他们互相碰杯，为悠一的女儿祝福。但是，这种微妙的玻璃摩擦声里仿佛藏着什么东西，使得他们在现存的世界里一下子感到有了距离。加吉依然住在镜子屋里，那个领域里的人们，谁都看得很清楚。恐怕他直到死去都要住在那里吧。他即便在那里生了孩子，也会住在镜子的反面，同他这个父亲隔镜为邻吧。所有人世间的事情，对他来说，完全变得不重要了……

乐队奏着流行曲，男人们汗淋淋地跳着舞。悠一透过窗户俯瞰庭园，吓了一跳。院子里的草地上随处生长着一簇簇茂密的灌木，团团树影当中都分别有一对紧抱着的人影。影子里的烟火明灭闪烁，时时燃着的火柴，迅疾照亮了外国人的高鼻子，远远看去，十分清楚。

悠一看见院子角落一丛杜鹃花的阴影下，一个身穿斜纹海蓝色T恤衫的人站起来，对方是一色的黄衬衫。两人站在那儿轻轻接了吻，随即像猫科动物一样摇摆着柔软的身子，各自奔不同的方向跑去。

过一阵子，悠一发现那个身穿斜纹T恤衫的青年，装出一副哪里也没去的样子，守在窗户旁边。小巧而精悍的面孔，毫无表情的目光，充满稚气的嘴角，惨黄的脸色……

加吉站起身，走到他旁边，若无其事地问：

"贾克，到哪儿去了？"

"里基曼说头疼，叫我到下面给他买药。"

一看便知道，他的话不过是故意让对方感到难受的谎言。这青年长着一副和嘴唇相对称的洁白的牙齿，悠一也曾听人谈起过，所以一提到他的花名，就知道他是加吉所思念的人儿。加吉听他这么一说，双手捧起加着许多冰块的威士忌酒杯，来到悠一身旁，凑近他的耳朵说：

"这个撒谎的小子，你一定看到他在庭园里干了些什么吧？"

"……"

"看到了吧？那小子旁若无人，也不挑场合，竟然跑到我家庭园里干那种事。"

悠一从加吉的额头上看出他有着满心的苦恼。

"加吉宽大为怀嘛。"悠一说。

"爱的人总是宽大的，被爱的人总是残酷的。阿悠，别看我，我对那些迷恋我的人，比对待那小子还要残酷啊。"——于是，到了这般年纪的加吉，嗲里嗲气地吹嘘着比他年长的老外，如何向他献媚的故事。

"世界上最使人感到残酷的，就是被爱这种意识。

不被爱的人哪里会有什么残酷？例如，阿悠，大凡人道主义者，肯定是个丑男人。"

悠一正要对他的苦恼表示敬意，然而，这时加吉却抢先亲手为这种苦恼涂上虚荣的白粉，乔装打扮一番，使之变成一种不伦不类、似是而非的奇怪的东西。两个暂时在这里打住，转而谈起京都镝木伯爵的近况。因为伯爵现在有时还在七条内浜附近一家此道的店里露面。

加吉的肖像画旁边依然供着两根彩绘蜡烛，火炉架上的裸体泛起模糊的橄榄色。光溜溜的脖颈随意围着一条绿色的领带，这年轻的巴克斯酒神嘴边，呈现着一副无尽的快乐和安逸的表情。他的右手端着香槟酒杯，杯里的酒永远不干。

当晚，悠一丝毫不顾加吉的意愿，无视众多向他伸出诱惑之手的外国客人，和一个他所喜欢的少年同床共寝。少年圆圆的眼睛，尚未长须的丰腴的面颊，像果肉一般白嫩。完事之后，这位年轻的丈夫打算回家，时候已经是半夜，有一个老外必须连夜赶回东京，提议用自己的汽车送他，悠一对此十分感谢。

按照一般的礼仪，他坐在外国人的身旁。这个红脸膛的中年老外，是德裔美国人。他不断对悠一献殷勤，亲切地给他谈起自己的家乡费城来，讲解着"Philadephia"一词的来源。他说"phil"是蹈袭古代希腊小亚细亚的一个城市名，在希腊语中是"爱"的意思。"adephia"就是"adelphos"，即"兄弟"的意思。就是说，他的故乡是"兄弟友爱"之乡。他一边在夜阑无人的公路上疾驰，一边腾出一只手来，紧紧握住悠一的手。

再次回到方向盘上的那只手，立即操纵方向盘向左来个大转弯，车子拐进一条没有行人的黑暗的小道，再向右转，停在夜风拂拂的林荫道边。老外的胳膊挽住了悠一，他们四目对视，长满金色汗毛的粗大的臂膀和年轻人丰满滑嫩的臂膀，好一阵子搂抱在一起。这个巨汉的膂力大得惊人，悠一到底不是他的敌手。

熄灭电灯的车子里，两个人躺倒抱在一起。最先坐起来的是悠一，他伸出手来，想穿上刚才用力脱下的白色内衣和淡青色的夏威夷衫，这时，美青年光裸的肩膀，再次被那男子重新燃起的热情的嘴唇占有了。他欢欣之余，那惯于食肉的尖锐的巨齿，嵌进了闪耀青春光泽的肩肉。悠一大叫一声，一股鲜血顺着青年细白的胸膛流下来。但是，车棚很低，加上他背靠着倾斜的车前挡风玻璃，根本站不起来。他一只手捂着伤口，面对这种侮辱，他感到自己苍白无力，只好弓着腰站着，徒然凝视着对方。

被盯着的老外，眼睛从欲望里苏醒，蓦然变得卑屈起来，他看着自己行为留下的证据，被恐怖征服了，震颤着身子哭了。更愚蠢的是，他对着胸前吊着的银制小十字架吻了吻，身子倚在方向盘上祈祷。此后，他便向悠一絮叨叨说明缘由，既像诉苦，又像发牢骚，说自己日常的良知和教养，在袭来的欲望的恶魔面前显得多么无能为力。这番话带有自以为是的滑稽，他的意思是想表明，当他凭着可怕的膂力征服悠一的时候，悠一肉体的软弱无力，刹那间使得对方精神的软弱无力变得正当化了。

悠一叫他赶快把衣服穿上，老外这才发现自己光着身子，马上穿好衣服。他留意到自己裸体要花些时间，那么，感到自己软弱无力自然也要花些时间。因为这个疯狂的事件，悠一回家已经是早晨了。肩膀上的伤很快好了，然而，河田看到这个伤痕就醋意大发，一天到晚琢磨着，怎样才能使悠一也被自己弄伤，而又不会惹他生气。

*

悠一觉得和河田交往起来很困难，他对此有些畏葸。河田把社会上的矜持和爱的屈辱的喜悦严格区分开来，这使得尚不谙世事的青年感到困惑。河田甚至可以吻所爱的人的脚后跟，但他不允许所爱的人对他的社会的矜持动一动指头。在这一点上，他和俊辅截然相反。

俊辅不是青年的良师，他彻骨的自我厌恶和蔑视一切现实所获的手法，还有那越是悔恨就越发觉得现在的一瞬最为宝贵的说教，强迫悠一一味满足于目前的青春时光，剥夺了由青春迸发出来的进取的力量。

俊辅的说教极力使人相信，人生这段湍急的河流不过是死水一潭，宛如一座塑像岿然不动。否定是青年的本能，而肯定绝非如此。自己所具有的某些东西，为何俊辅加以否定，而偏偏要悠一加以肯定呢？俊辅名之为"美"的这种青春时期虚幻的人工的特权，果真存在吗？

俊辅夺走青春的理想主义化为己有，转而对于以肉体形式存在的悠一的青春课以苦役。这就站到了对于一般青年来说绝非苦役的理想主义的反面，为此，这位美青年不得不借助镜子，将自身变成了一个镜中的囚犯而牺牲别的一切，仅仅忠实于只凭感性捕捉到的现实世界。例如，感觉的恣意放肆，将我等如风扫落叶一般弄得七零八落的官能的力量，还有飘散于相对性之中的现实里的各种奇妙的变化，在俊辅看来，不能靠伦理，只有人的完全的形态和样式之美，才能加以解救和制约。但是对于自身形态已经完美无缺的悠一来说，所有这一切，有的只能借助镜子才能看到；有的否定青春的本能需运用自杀形式方可实现最直截了当的否定；还有的是没有俊辅所说的"生活的艺术行为"不自然的介入，就很难相信其存在。这就是悠一自身肉体存在的意义所在，如同一个诗人心中的诗才一般。

如今在悠一看来，河田那种滑稽的表象的矜持，固然滑稽，但也是一种必不可少的装饰。这位美青年十分清楚，一度学会修饰边幅，对于男人来说，如同宝石、毛皮外套对于女人一般重要。在这一点上，河田单纯的虚荣心，比起俊辅来，也更加直接地触动了他的心。俊辅在悠一这个学生心中灌输了这一看法，使他认识到这种虚荣心是愚劣和毫无意义的，但这位迂阔的老作家却忽视了这样一点：正是认为虚荣是愚劣的看法凸显了青春的洁癖，只有这股力量才能成为精神的支柱，别无其他。他教会悠一蔑视精神，但蔑视精神的本能和特权，正是精神所必备的，对于这些，他故意放过不提。

悠一青春朴实的心灵，轻而易举地完成了既知愚劣又爱愚劣的复杂进程，之所以这么容易，是因为错综复杂的精神终究敌不过肉体单纯的本能。就像女人渴望宝石一样，青年也会萌生社会的野心。他不同于女人的只是在认识上，他知道世上所有的宝石都是毫无意义的。

悠一具有幸福的天赋，他可以承受认识上的苦涩及其袭击青春的可厌的行为。在俊辅的指引下，他认清了名声、富贵和地位的空虚，人的不可救药的愚昧和无知，尤其是女人的毫无价值的存在，生的倦怠所产生的一切热情的本质等各色各样的现象。不过，在少年时代他的敏锐的官能已经使他看到人生的丑恶，对于任何丑行和徒然早已司空见惯，理所当然地忍耐下去。这种平静的纯洁，使他免于认识上的苦恼。他看到了生存的恐怖，看到了生活底层敞开着的黑暗的深渊，这些使他头昏目眩的感觉，为他以后作为康子生产时的一位旁观者，做好了一种健康的准备运动，就像蓝天底下运动员明朗的体育锻炼一样。

论起悠一怀抱的对社会的野心，皆是一些青年人所具有的、多少有些自我陶醉的充满稚气的东西。正如前面所述，他有理财的才能，悠一在河田的刺激之下，打算做一个实业界的人。

悠一认为，经济学是极好的富于人情味的学问。

经济学是否同人类的欲望直接有着深刻的关系，决定经济学整体的活力的强弱。在过去自由主义产生的时期，由于和发达的市民阶级的欲望亦即利己心紧密相连，它发挥着自律的机能，但今天它已经处于衰落时期，其原因就是因为机能游离欲望而变得机械化了，致使欲望也开始衰落了。新的经济学体系必须发现新的欲望。对于民众欲望的再发现，极权主义和共产主义则打算通过各自不同的形式加以实现，前者试图将类似人造兴奋剂的哲学作为火种，重新燃起市民阶级衰弱的欲望，唤醒他们集结起来。纳粹主义最理解什么是衰弱。悠一不能不从包括人工神话、隐蔽的男色原理、美青年组成的党卫军以及美少年组成的希特勒少年队等组织之中，寻求有关这种衰弱的该博的知识。另一方面，共产主义则着眼于残留在衰弱欲望底层的一元化的被动欲望，以及资本主义经济结构激化起来的矛盾引起贫困的新的强烈欲望。于是，对于经济学探求和回溯原始欲望的恐怖感，在美国，本能地促进了毫无价值的精神分析学的流行。这种流行获得自慰的一点，就是相信通过寻求欲望的源泉，并加以分析之后能够使其消解。

  但是作为一个经济系的学生，悠一官能上的宿命倾向，使得他这种漠然的思考中，渗入了不少宿命论的因素。对他来说，旧社会机构的种种矛盾和即将产生的丑恶，只是生的矛盾和丑恶的投影，他没有看到机构丑恶的投影形成了生的丑恶。比起社会的威力，他更感到了生的威力，为此，他总爱将自己认为属于人性恶的各个部分和本能的欲望看作同一种东西。可以说，这正是这位青年反逆性的伦理关怀的表现。

  今天，善和美德衰落了，现代社会发明的众多市民道德被丢进了垃圾堆，只有民主社会无力的伪善在飞扬跋扈，再次为各种恶行供给能源的好时机到来了。他相信亲眼所见的丑恶的力量，许多民众的欲望近旁都伴随着这种丑恶。新的道德信律，在民主社会死灭的市民道德旁边，显得十分惹眼，但是革命所采取的无数手段，除却因贫困的愤怒而产生的复仇欲之外，他们仅仅依靠自以为正确的目的意识，在这一点上还不算最恶。无疑，最恶的手段只存在于无目的、无缘由的欲望之中。为什么呢？因为以繁衍子孙为目的的爱，以利润分配为目的的利己心，以共产主义为目的的工人阶级革命的热情，在各种社会里都是属于善的。

悠一不爱女人，然而女人生下了悠一的孩子。那时的他看到了并非出自康子意志的生的无目的欲望的丑恶。民众也许是不自知地因这种欲望而产生出来的。悠一的经济学使他怀有一种野心，他想发现新的欲望，并力争亲身融入此种欲望之中。

悠一的人生观里，没有摈弃青春寻求解脱的焦躁感，一看到社会矛盾和丑恶，就抱有一种畸形的野心，自己也想变成这种矛盾和丑恶的本体。他将生的无目的欲望和自我本能混杂在一起，梦想具有实业家的各种天赋，做一个俊辅所不屑一顾的凡庸野心的俘虏。过去，惯于被爱的这个阿尔西比亚德，也成了一名虚荣的英雄了。悠一甚至想打河田的主意了。

*

夏天来了。尚未满月的婴儿，只是睡醒了哭，哭够了吃奶，没多少特别的事情。但是，悠一对婴儿这种单调的生活总是看不够，这个父亲受孩子般的好奇心驱使，一心想掰开婴儿紧握的手心，看看那预示她今后成长的线团儿，每次都挨母亲的好一顿呵斥。

悠一的母亲心满意足，喜出望外，病也一下子好多了。康子分娩前的种种危险征兆，产后也全都消失了。围绕悠一的全家的幸福，使他感到心情不快。

康子出院前一天，溪子起名刚好过了一周，娘家送来了贺喜的童装，绯红的绉纱上用金丝络子系着南家酸浆草的家徽，还附着浅红色的腰带以及绣着花纹的红锦香荷包。这还只是第一道礼物，各方亲友送来了红白缎子，送来了婴儿全套用品，还有的特别送来了雕花的小银匙，预示着婴儿"含着银匙"长大。还有盛在玻璃盒子里的京都偶人和大头娃娃，以及幼儿的衣服和毛毯。

一天，百货店送来了胭脂红的大童车，装饰豪华，使得悠一母亲大吃一惊。这是谁呢，送这种礼品？她说："啊，实在猜不出。"悠一一看送礼人的名字，上面写着"河田弥一郎"。

母亲叫悠一到门口看看，他见到这辆童车，立即泛起不快的记忆。去年，康子被诊断怀孕后不久，夫妻一同到康子父亲的百货店去，在四楼出售童车的柜面前，康子站着看了很久很久。这辆童车和那辆童车一模一样。

由于这辆童车，他只好将自己和河田弥一郎的交往，撇去关键的部分，大致对母亲和妻子说了一下。听到河田是俊辅的学生，母亲对此深信无疑，悠一的人品能够博得这位先辈的喜爱，她对此十分满意。因此，入夏后第一个周末，河田邀请悠一到叶山一色海岸的别墅度假，反倒是母亲主动劝他赴约的。"向他夫人和全家问好。"她平素就很讲究礼节，吩咐儿子带去一份点心，作为还礼。

这座别墅有一片面积大约六百多平方米的草地，房子倒并不怎么宽阔。悠一三点左右到达那里，走廊上的窗户洞开，椅子上有位老人，同河田面对面坐着。悠一发现那是俊辅，不由吃了一惊。悠一一边擦汗，一边沿着海风吹拂的长廊，直奔两人身旁走来。

河田在有人的场合，装模作样抑制住感情，说话时故意不睬悠一一眼，可是当悠一拿出礼物并为母亲带上问候话的时候，俊辅说了几句玩笑，于是三人心情放松下来，又像平时一样谈开了。

悠一看见桌上冷饮杯子旁边摆着黑白相间的棋盘，是西洋象棋，盘上的棋子有国王、皇后、主教、骑士、战车和禁卫军等。

"下一盘吗？"河田问。俊辅正向河田学习下棋。悠一回答"不下"。河田提议说："趁着风力正好，赶快准备出发吧。"河田已经和俊辅相约，等悠一来了，三人驱车到逗子镫摺游艇码头，去乘坐河田的游艇。

河田为显得年轻，穿着入时的黄色衬衫，连年老的俊辅也在衬衫外面扎了蝴蝶结领带。悠一脱掉汗湿的衬衫，换上鹅黄色的夏威夷衫。

到了游艇码头，河田的"海马五型"游艇叫"伊波利特"号，这个名字以前从未提起过，不用说是河田招待客人的一部分，大大激发了俊辅和悠一的兴致。那里还有美国人的游艇，一艘叫GOMENASAI（对不起）号，一艘叫NOMO（喝吧）号。

云层很厚，午后阳光酷烈。隔海相望的逗子海岸，周末游人如蚁。

悠一的前后左右，毫无疑问，一律是夏季风情。游艇码头炫目的钢筋水泥斜面，斜斜插入水中，一直浸水的部分，有的地方覆盖着混杂无数半石化的贝壳和包着气泡的黏滑的苔藓。停泊的游艇微微摇晃着桅杆，船舷波光闪耀。从外海到低矮的防波堤之间，这小小港湾的水面，除了荡漾的微波之外，风没有使海水涌起什么大浪。悠一脱下衣服扔进船舱，只穿一条游泳裤，海水浸到大腿，把"伊波利特"号推下水。陆地上感觉不到的海风，低低吹过水面，满含温情地抚摸着他的脸孔。游艇出港了，河田在悠一的帮助下，将插在船中央的镀锌的沉重的中插板抛进水里。河田是操纵游艇的老手，他每每操起舵来，比平时更加厉害的面部神经痛，使他的面孔歪斜着，让人担心那顽固地衔在嘴里的烟斗会随时掉入水里。还好，烟斗没有掉，船向西奔江之岛驶去。此时，西边天空，云朵庄严灿烂，数条金光刺破云层，像一幅古战场的绘画，将光芒的末端射向这边。于是，在不爱亲近自然、单凭丰富想象的俊辅的眼里，那湛蓝色的波涛涌动的海面出现了幻景，看上去仿佛累累死尸。

"悠一君变啦。"俊辅说。

河田答道：

"不，要是能变那敢情好，可他没有变。现在他在这海里看来是安心的……前些时候，（还是在梅雨季节）我们一起到帝国饭店进餐，接着去那里的酒吧喝酒。当时一个老外领着一个美少年走进来。那少年和悠一穿戴竟然完全一样！从领带到西服，再仔细一看，甚至袜子都是同一款式。悠一和那美少年轻轻交换了一下眼色，双方都明白眼下各人谁都不方便。……喂，阿悠，风向变啦，把缆绳向这边拽，对……但是，更难为情的还是我和那个素昧平生的老外，自打互相扫了一眼之后，谁也就放不下谁了，当时阿悠的打扮已经引不起我的兴趣，他喜欢这样，那就只好定做美式的西服和领带了。

"打那时起，阿悠似乎和美少年约好了，两人外出都穿一样的衣服。那次偶然不凑巧，两人碰面时身边都伴着一位大哥，阿悠和那美少年等于公开表露了两人是一伙的关系。美少年是个皮肤白嫩、面容姣好的孩子，清纯的眼睛含着动人的微笑，为他的美貌更增添了青春的活力。您也知道，我是个很爱吃醋的人，那天晚上我真是苦恼极啦。唉，您看，我和那老外，不是眼睁睁给背叛了吗？阿悠这个人，他也知道越是辩解越是被怀疑，所以干脆像石头一样默不作声。开始我满怀怒气对他诉苦，到头来败下阵来，反而得向他讨好赔不是。永远都是一样的过程，一样的结果。有时考虑工作，本来应该很明确的判断也一时模糊不清起来，我真害怕人们会如何看待我。

　　"先生，您知道吗？我这个实业家，有一家大公司，三座工厂，六千名股东，五千名从业人员，年产能力近八千辆卡车。所有这一切，都牵系在我一个人身上。假如在私生活中有个女人的影子存在，兴许能够获得社会的谅解。但是，要是人家知道，我受到一个二十二三岁的学生的控制，这个荒唐的秘密一旦暴露，世人必定一片哗然。我们不因恶行而羞耻，却因滑稽而羞耻。汽车公司老板原来是个男色家，这真是旷古未闻。这就好比百万富翁是偷儿、绝代佳人爱放屁一般滑稽可笑。人们时常反过来利用有限的滑稽作工具，以博得众人的喜爱，但超过限度的滑稽就不容许别人取笑了。德国克虏伯钢铁厂第三代经理克虏伯战前为何自杀？先生知道吗？一切价值颠倒的爱，摧毁了他的社会性矜持，破坏了他凌驾社会的基础，从而失去了平衡……"

这些没完没了的牢骚，从河田口里说出来，如同严肃的训示和演讲一般，俊辅根本无暇应对。河田述说着这段破灭的故事期间，游艇在他的操纵之下，眼看又轻轻地回到原来的平衡状态。

再看悠一，他光裸着身子躺在船头，目不转睛地盯着游艇前进的方向。悠一明明知道他俩的谈话是故意说给自己听的，但还是背对着那个中年的说话人和那个老年的听话人。他脊背上光滑的肌肉，是因为映着日光或者尚未被太阳灼伤吧，那大理石似的青春的肉体散放着夏草的芬芳。

随着江之岛渐渐靠近，河田背对着北边镰仓市街明丽的远景，将"伊波利特"号转向南方。两人的对话始终不离悠一，而又把悠一撂下不顾。

"悠一君还是变了。"俊辅说。

"我看没变，您说他变了，有何理由？"

"没什么理由，总之是变了。我眼光可是很厉害啊！"

"他现在做父亲了，可他还是个孩子。本质上没有任何改变。"

"这个不必再争了，对于悠一君，阁下比我了解的更多。"——俊辅十分仔细地用带来的骆驼绒护膝，盖着神经痛的膝头，以免受到潮风的侵害。他狡黠地转换了话题："刚才阁下谈到人的恶行和滑稽的关系，我也对此很感兴趣。目前，那种极为精细的关于杜绝恶行的教养，早已被我们的现代教育彻底葬送了。恶行的形而上学已经死去，只剩下滑稽遭人耻笑。事情就是如此。滑稽的病魔打乱了生活的均衡，但恶行只要是崇高的，就不会破坏生活的均衡。这种道理并不奇怪，因为大凡崇高的东西在现代都是无力的，只有滑稽的东西才具有野蛮的力量。这不正是浅薄的现代主义的反映吗？"

"我呀，并不要求将恶行看得很崇高。"

"你认为有凡庸的受到社会公认的恶行，是吗？"

俊辅用几十年前站在讲台讲课的口气说，"古代斯巴达为了训练少年们战斗时的敏捷，机灵的盗窃行为不受惩罚。一个少年偷了一只狐狸，但因失败而遭到逮捕。他把狐狸藏在衣服里头，否认犯罪。狐狸撕裂了少年的肚肠，他依然矢口否认，没有喊一声疼痛就死了。这个故事之所以传为美谈，或许说明了克己比盗窃更符合道德，可以偿还一切。但事情并非如此。他害怕的是暴露致使非凡的恶行堕落为凡庸的犯罪，他是因羞耻而死去的。斯巴达人的道德观是古希腊不可遗漏的审美意识，精妙的恶较之粗劣的善，因美丽而富于道德性。古代的道德因单纯而强大，崇高总是站在精妙一边，滑稽始终居于粗劣一侧。然而在现代，道德脱离了美学，道德因卑贱的市民原理而变成凡庸和公认的最低恶行的朋友。美变成了夸张的样式，变得陈旧起来，要么崇高，要么滑稽，二者必居其一。这两者在现代只是意味着同一种东西。不过，前面我已说过，无道德的假现代主义和假人性主义，散布着崇尚人性的缺陷的邪教。近代艺术，自打堂吉诃德以来，倾向崇拜滑稽的一方。作为汽车公司老板的阁下，你的男色癖的滑稽，正在受到人们的崇拜，你也许觉得很受用吧。就是说，既然受到崇拜，那就是美的。阁下的教养如果也不能对此加以抵御，那么这种滑稽就会越来越获得世人的欢迎。阁下被粉碎，只有这样，才真正是值得尊敬的现代现象。"

"人性！人性！"——河田不停叨咕，"我们唯一的避难所、唯一的辩解的根据就在这里。但是，如果不搬出人性来，自己也闹不清到底是不是人，这不正是黑白颠倒吗？其实，人既然是人，就像世上平常一样，总要借助人性以外的东西，诸如神明、物质、科学真理等，这不更是符合人性的吗？我们把自己当作人，为自己的本能就是人性这一说法进行辩护，也许一切滑稽就在这里吧。但是，作为听众的世上的人们，并不是每个人都对人性感兴趣。"

俊辅微微笑着说：

"我倒是很感兴趣啊。"

"先生特别。"

"是的，我是一只名叫艺术家的猴子。"

船头荡起哗哗的水声。一看，悠一早已跳下海游起来了，他们的谈话冷落了悠一，使他感到十分无聊。他脊背上滑润的肌肉和优美的臂膀，时时从平滑的波间闪现着光辉。悠一也不是漫无目的地游着，游艇右手一百米的地方便是那岛，奇形怪状地浮在海里，从刚才的镫摺码头一望可及。那岛是一座低俯的狭长的海岛，由一系列没有沉没海中的分散的岩礁组成。说到树木，只有一棵发育不良的虬曲的松树。这座无人岛最为奇特的景观，就是中央岩石上临水高高耸立的巨大鸟居。这块尚未落成的鸟居，四周牵拉着几根粗大的绳索。

鸟居耸峙于刚才云隙间漏泄的阳光之下，缠络的绳索映出一张意味深长的剪影。没有一个工人，看样子鸟居面对的神社也正在建筑之中，目前看不到一点影子，所以无法判断出神社的方向来。鸟居本身似乎对这些毫不在乎，只管静静伫立于海面，摆出一副无目的地朝拜的样子。鸟居的影子是黑的，周围是一片斜阳辉耀的波光粼粼的海面。

悠一攀住一块岩礁，登上海岛。他似乎怀着孩子般的好奇心，一时兴奋起来，很想到鸟居那里看看。

他时而被岩礁遮挡，时而又登上岩礁。悠一来到鸟居跟前，他俊美的塑像般的线条，脊背映着夕晖，描绘出一幅裸体青年秀洁的影像。他一只手支撑着鸟居，另一只手高高举起，对着游艇上的两个人挥动着。

河田把"伊波利特"号摇向最靠近那岛的水面，只要不触到暗礁就行，在那里等着悠一游回来。

俊辅指着鸟居旁边青年的身影，问道：

"那就是滑稽吧？"

"不。"

"那是什么呢？"

"那小子真美，可怕是可怕，但这是事实，没法子。"

"那么，河田君，滑稽究竟在哪里呢？"

河田从来不肯低下的额头，这时倒是稍稍垂下来了。

"我们必须拯救一下自己的滑稽了。"

听到这话，俊辅大笑起来，他持续不断的笑声似乎越过海面，送到了悠一的耳畔。只看到美青年顺着礁石，朝着"伊波利特"号停泊的岸边跑过来。

他们一行来到森户海岸，沿海岸又折回镫摺，将游艇收好，驱车去逗子海岸的海滨饭店吃晚饭。这是一座小型的避暑饭店，最近刚被解除接管，所以，接管期间游艇俱乐部的许多私人游艇，都用来招待住宿的美国人游览了。饭店一旦解除接管，前面的海岸，从今年夏天开始，也撤去了一直引得怨声沸腾的栅栏，为一般的游客所用了。

到达饭店已经是晚上。院子的草坪上摆放着五六张圆桌和椅子，桌子中央插着的五颜六色的阳伞，早已像丝柏一样收束到一块儿了。海岸上的游人还很不少，R口香糖形状的广告塔上，扩音器喧嚣不止，在嘈杂的流行曲的间隙里，插播经过精心安排的夹杂着广告的迷路儿童的招领启事。

"请大家注意，现在广播走失的儿童。有个三岁的男孩戴着水兵帽，上面写着'健二'的名字。听到广播后，请家长到R口香糖广告塔下认领。"

晚饭后，三人坐在暮色包围的草坪上的圆桌旁边，海岸上的游人骤然消失，扩音器沉默了，只剩下澎湃的涛声。河田离开了座席，留下来的老人和青年，久久陷入早已习惯了的沉默之中。

不一会儿，俊辅开口了。

"你变啦。"

"是吗？"

"确实变啦。我很害怕，我似乎有一种预感，总有一天，你会变得不是你了。这一天早晚会到来的。为什么呢？因为你就是镭，一种放射性物质。说起来，我一直害怕这一天啊……但是，你还是有几分像你。也许现在正是分手的好时候。"

"分手"一词，使得青年笑了。

"什么分手，听起来就像先生和我之间果真有过什么事一样。"

"的确有过'什么事'，你对这个有怀疑吗？"

"我只懂得低级的语言。"

"你看，这种说话，已经不是过去的你了。"

"那么……我只好沉默。"

这种不经意的对话，老作家是如何经过长久的迷惘和深刻的决断之后，才说出来的啊！悠一对这一点毫无所知。俊辅在昏暗的暮色里叹着气。

桧俊辅怀着自我创造的深邃的迷惘，这迷惘既有深渊，又有广原。如果是青年，也许会早一天从这种迷惘中觉醒过来吧。然而，俊辅到了这种年龄，已经怀疑觉醒的价值，觉醒不是更使迷惘加深一层吗？我们究竟该向何处，为了什么目的求得觉醒呢？人生既然是一种迷惘，那么在错综复杂、不堪收拾的迷惘之中，构筑一种井然有序的、合乎逻辑的人工的迷惘，不正是最贤明的觉醒吗？不愿觉醒，不想治愈，这种意志，目前支撑着俊辅的健康。

他对悠一的爱，就是如此。他感到恼怒，痛苦。众所周知，关于作品美构成的讽刺，为描画出平静的线条所花费的灵魂上的苦恼和错乱，最终会在描画的平静的线条上，自动找出苦恼和错乱的真正的缘由。这样的讽刺，在这种时候也在起作用。由于固守最初着意描画的平静的线条，他保有坦白其中缘由的权利和机会。假如爱被剥夺这种坦白的权利，那么，对于一个艺术家来说，不存在任何不能坦白的爱。

悠一的变化，在俊辅敏感的眼睛里，描画着这种危险的预感。

"总之，我很难过……"黑暗里传来俊辅沙哑的嗓音，"……对我来说，这种痛苦无法形容……我呀，阿悠，大概不会再和你见面了。过去，你支支吾吾，不来见我，那是因为你根本不想见我。这次，是我提出不再见面……不过，假如你有需要，非见我不行，那时候我会欣然答应。现在的你，也许认为不会有这样的需要……"

"是的。"

"你认为不会有这样的需要……"

俊辅的手触到悠一搭在椅子扶手上的腕子，盛夏季节，他的手冰冷冰冷的。

"总之，不到那时候，再不见面。"

"就这么办吧，既然先生这么说了。"

海面上渔火闪烁。也许连品味这种景象的机会也没有了，他俩陷入了令人窒息的习以为常的沉默之中。

黑暗里出现了穿着白衣的侍者，手捧盛着啤酒瓶和玻璃杯子的银盘，紧跟着靠近的是河田黄色的衬

衫。俊辅又恢复了常态，保持着一个讽刺家的快活态
度，应酬着河田接着先前翻腾出来的争论。这些不着
边际的议论看来得不出什么结果，不久，一股刺骨的
冷风将他们三个又赶回了门内的大厅。这天晚上，河
田和悠一留在饭店，河田劝俊辅也找个房间住下来，
但俊辅还是坚决谢绝了他热情的请求，所以河田只得
叫司机送俊辅一个人回东京。车上，老作家裹着驼毛
护膝的膝盖剧烈疼痛起来。司机听到呻吟，吃惊地停
下车，俊辅说没关系，叫他继续开车前进。他从里边
口袋掏出随身携带的吗啡 Pavinal，吃了下去。镇痛
剂不会马上起作用，老作家为了分散精神上的痛苦，
决心什么也不去想，只是无聊地数点着街道两旁的电
灯。拿破仑行军的时候，不也是这样骑在马背上数点
沿街有多少窗户吗？一颗根本和英雄行为不沾边的
心，忽然想起这样一个奇妙的传说。

第二十七章　间奏曲

　　渡边稔十七岁，肌肤白嫩，一张五官端正的圆脸，眉目清朗，笑起来带着两个酒窝，很是漂亮。他是某新制高中二年级的学生。战争末期三月十日那天的大空袭，将他家位于平民区的杂货店化为乌有，父母、妹妹在房子里被烧死，他有幸活下来，借住在世田谷的亲戚家。亲戚家主人是厚生省一名官员，生活谈不上富裕，哪怕只多了稔一张嘴，日子过得也很艰难。

　　稔十六岁那年秋天，想去打工，他从报纸广告上找到神田一家咖啡馆，在那里当侍者。放学后就去上班，到十点闭店，可以干五六个钟头。期末考试前，老板答应他提前到七点下班。工钱也高，稔可算找到一个好饭碗。

　　不仅如此，店老板也很器重稔。他四十岁光景，浑身精瘦，是个沉默寡言的老实人。五六年前老婆出逃了，现在还继续过着独身生活，一直住在店的楼上，听说名字叫本多福次郎。一天，这个人到世田谷稔的伯父家拜访，打算收稔作为养子。这个请求真是雪中送炭，于是立即办妥了领养的手续，稔的姓也改成本多。

稔如今也时常做店里的帮手，不过那是出于兴趣。每天无忧无虑去上学之外，还常跟养父出外吃饭，听戏，看电影。福次郎喜欢旧派戏剧，但他和稔出去时，就一同看稔所喜欢的热闹的喜剧和西部片。稔还叫他给买了冬夏的少年服装，买了冰鞋。这种生活稔从来没有过，使时常来玩的伯父家的孩子很羡慕。

这期间，稔的性格产生了变化。

虽然还是笑口常开，但喜欢孤独了。比如，去弹子房也是一个人。在该用功读书的时间里，他在弹子机前一待就是三小时。稔也不大和本校的同学们往来。

这种还算阴柔的性情中，镌刻着不堪容忍的厌恶和恐怖，和世上一般不良少年的道路相反，他一幻想自己将来会走向堕落，就不由战栗起来。他抱有一种固定观念，认为自己总有一天要彻底垮掉。夜间，他一看到点着昏暗的油灯、打坐在银行阴影里的算命先生，就一阵恐怖，生怕自己额头上浮现出倒霉、犯罪、堕落的未来，于是加快脚步，匆匆而过。

但是，稔喜爱自己明朗的笑颜，他笑起来露出整齐、洁白的牙齿，充满希望。屏弃一切污浊，他的眼睛也很清纯、美丽。他想，只要外观不改变，总是安心的，然而这种安心感不能长久维持下去。

他学会了喝酒，迷恋侦探小说，还学会了抽烟。香喷喷的烟味儿一股股流入胸腔，那尚未成形的未知的思念，仿佛从心底引出什么东西一般。在一味自我厌弃的日子里，他巴望再来一次战争，梦想发生一场包围大都市的劫火。他认为在劫火中可以见到死去的父母和妹妹。

他爱刹那间的昂奋，同时也爱绝望的星空。他到处徘徊，从一条街走到另一条街，三个月穿破一双鞋。

放学回家，吃罢晚饭，他换上鲜艳的少年休闲装，直到半夜，店里都不见他的影子。养父很心疼，跟在后头看，发现他到哪里都是一个人。于是也就免去了嫉妒，便放下心来。自己上了岁数，跟他玩不到一块儿去，也就忍住没有责怪，随他自由。

暑假的一天，天空阴沉，下海太冷，稔穿上绘有椰子树花纹的大红夏威夷衫，谎称到世田谷家里看看，外出了。这件大红的衬衫，和少年白皙的肌肤很相配。

他想到动物园去。他乘地下铁到上野站下车，来到西乡 [1] 铜像下边。这时，昏黄的太阳从云层里露出脸来，高高的花岗岩石阶阳光灿烂。

他攀登石阶，中途点上一支香烟，日光很强，几乎看不出火柴的亮光。他心中充满孤独的快活，飞奔着登上了石阶的顶端。

这天，上野公园游人稀少。他买了一张印有彩色睡狮照片的门票，钻进人影斑驳的动物园大门。稔不顾画着箭头的路标，信步向左前方走去。溽热中飘

1　西乡隆盛（1827—1877），明治维新功臣，萨摩藩士。后在"征韩论"中同新政府发生对立，回乡发动"西南战争"，兵败自刃而死。

荡着野兽的体臭，那气味带着干草香气，使人想到，它们都很留恋自己睡觉的草窝。眼前出现了长颈鹿的铁槛，云影打长颈鹿冥想的脸孔、脖子、脊背依次掠过，阳光黯淡下来。长颈鹿一边走，一边用尾巴驱赶苍蝇，它每走一步，那又长又大的骨架似乎要松垮下来。稔看到了白熊，它耐不住暑热，疯狂地在水池和水泥地之间上蹿下跳。

稔顺着一条小路，走到能够眺望不忍池的地方。

池之端马路上飞驰的汽车闪着光亮，西自东京大学的钟楼，南至银座的街衢，各处起伏的地平线，都辉耀于夏日阳光之下，火柴盒般的洁白的大厦，像石英一样闪闪放光。这和不忍池阴沉的水面，以及上野一家百货店上空干瘪的、无精打采的广告气球，还有百货店灰暗的建筑物，互相形成了对比。

这里是东京，有着都市感伤的景象。少年感觉到，自己认真走过的这些道路，在这片景象中全都隐匿不见了。还有那多次夜间的放浪，在这明丽的景象里消失得无影无踪了。连同自己所梦想的摆脱不可知晓的恐怖的自由，也一点儿不着痕迹了。

　　从池之端七轩町绕过湖水开来的电车，震动着他脚下的土地，隆隆驶过。稔又折回去看动物。

　　动物身上的气味远远传来，气味最浓烈的是河马的屋子。雄河马"迪卡"和小河马"查布"，浸泡在浑水里，只露出鼻子来。左右有湿漉漉的铁槛，两只老鼠瞅准主人不在的草料箱，在铁槛里出出进进。

　　大象用鼻子卷起一捆捆麦秆送进嘴里，还没有嚼完又卷起另一捆来。有时卷得太多了，就扬起石臼似的前腿，把多余的麦秆蹭掉。

　　企鹅们像是出席鸡尾酒会，各自面面而立，将一侧的翅膀暂时离开身体，摆一摆屁股。

　　灵猫馆的地面上撒满鲜红的鸡头，两只灵猫身子叠着身子，站在高出地面一尺多的卧床上，目光阴郁地瞧着这边。

　　看到狮子夫妇，稔甚感满意，他想该回去了。含在嘴里的冰棒已经化完，这时候，他发现附近还有没看的小型建筑，走近一瞧，是小鸟馆，窗户上变幻不定的彩色玻璃，有的已经裂开了。

　　小鸟馆里，只有一个穿纯白色开领衫的男子，背向他站着。

　　稔嚼着口香糖，眼睛直盯着一只犀鸟，那犀鸟长着比脸还大的白嘴。面积不足十坪的馆内，充满了嘹唳和奇娇的鸣声，稔感到这和电影《人猿泰山》里密林的鸟叫十分相像。他循声而望，那是鹦鹉。小鸟馆里鹦鹉、鹦哥最多，红金刚鹦哥一身五彩的羽毛，非常美丽。白鹦鹉一齐转过身子，其中有一只，全神贯注地用榔头般坚硬的小嘴敲打着饵盒。

　　稔走到九宫鸟笼子前面，那鸟站在污秽的黄色栖木上，张着鲜红的嘴巴，似乎要说些什么。正想着，突然叫了一声"你好"。

　　稔不由得笑了，旁边那个穿着白色开衫的青年也笑了，他朝稔这边看了看。稔的身高只达到那青年的眉毛，转过来的脸孔稍稍低俯着。两个人对望着，久久不肯移开。他们都互相为对方的美貌而惊诧不已。稔一直嚼着口香糖的嘴巴也不动弹了。

　　"你好！"九宫鸟又叫了一声。"你好！"那青年模仿了一句。稔笑了。

　　美青年不再看鸟笼，他点上一支香烟。稔也学着，从口袋里掏出皱巴巴的外国烟盒，接着连忙吐掉口香糖，将香烟含在嘴里。那青年又划了一根火柴伸过来。

"你也抽烟吗？"

青年惊讶地问道。

"嗯，上学时候不准抽。"

"是哪所学校？"

"N 学院。"

"我呀……"美青年说出一所著名私立大学的校名。

"能告诉我你的名字吗？"

"我叫稔。"

"我也告诉你名字吧，我叫悠一。"

他俩走出了小鸟馆。

"你这件红色夏威夷衫很好看。"青年说，稔听罢脸红了。

他们山南海北地聊着，悠一富于朝气而潇洒的谈吐，以及姣好的长相，使得稔甚是着迷。悠一还没有看动物，稔已经看过了，他便陪悠一一道去。过了十分钟，他俩就像亲兄弟一样了。

"这位也是那号人吧？"稔忖度着，"这般出众的人也属于那一类，真叫人高兴。这人的音容笑貌、体态风情，都那么讨人喜欢。真想和他早点儿同床共寝。他一切会听我的，我也会叫他干这干那。我的肚脐眼儿，他也一定喜欢吧？"——他把手插进裤兜，将顶得生疼的那东西拨正，这下子好受了一些。他发觉裤兜里还剩一块口香糖，掏出来放进嘴里了。

"见过貂吗？还没去看过？"

稔挽着悠一的手臂，向小动物散发着臭气的笼子走去，他们相互紧握的手一直不肯松开。

对马貂笼子前面挂着说明动物习性的牌子："早晨和夜晚活动于山茶树林，吸食花蜜"，等等。里头有三只小黄貂，其中一只衔着一块鸡冠子，满含疑惧地瞧着这边。他们两个的眼睛和小动物眼睛碰到了一起，他们的眼睛只对着貂，貂的眼睛也只能看着人。但是，悠一和稔两个都觉得，貂的眼睛比人的眼睛更可爱。

　　他们的脖颈一阵热辣辣的，日光直射下来。太阳偏西了，光线依然很厉害。稔回头看看，周围没有一个人影。刚刚结识半个小时，他们就很自然地轻轻接了吻。"我现在很幸福。"稔心想。这位少年只学会了肉体的幸福，世界很美好，没有一个人，到处静悄悄的。

　　狮子的吼叫震撼了四围。悠一抬起眼睛，说道：

　　"哎呀，阵雨好像要来啦。"

　　他们看到黑云布满半个天空，太阳立即暗下来。走到电车站，最初的黑雨点儿已经铺满道路。乘上地铁，"到哪儿呢？"稔生怕被抛下，不安地问道。他们在神宫前下了车，接着走向不再落雨的另一条大街。悠一曾经从大学同学那里得知高树町一家旅馆，两人乘都电赶往那里。

　　稔陶醉于当天性感的回忆，寻借口疏远了养父。福次郎身上，没有任何地方能引起这位少年的幻想。福次郎一副佛爷心肠，把邻里关系看得很重要，街道上发生什么不幸，他总是立即跑到寺里烧香上供，一言不发，对着神佛坐上好半天。别的人来吊问，他一概不知。此外，他那缺乏魅力的干瘦的身子骨儿，使人看了感到不吉利。账面上他不好托付别人，在这条学生来来往往的街上，咖啡馆柜台边整天守着一位表情冷漠的老头子，生意上这可不是高明的做法。还有，每晚关门后一小时，他便十分认真地检查当天的账目，就连那些老主顾见了也定会绕道儿走。

认真和吝啬，同福次郎的佛爷心肠互为表里。隔扇稍微关不严实，左右拉手靠到了正中央，他就立即走过去重新弄好。福次郎的叔父从乡下来，晚饭吃的是炸虾盖浇饭。稔看到那位叔父临走时，福次郎向他讨饭钱，感到很吃惊。悠一青春的肉体，是接近四十岁的福次郎无法相比的。不但如此，在稔的幻想之中，悠一同众多武打戏里的英雄人物和惊险小说里的青年才俊，化为一体了。稔从悠一身上看到了自己未来的一切希望。俊辅把悠一当作素材构思一部作品，稔将许多故事当作素材塑造一个悠一。

悠一猛然回过头来，在少年眼里，那动作就像一个年轻的冒险家，面对突如其来的危难，做好搏斗的准备。稔只想自己将来做一名纯真的侍从，紧随众多主子的少年侍从，打心眼儿里钦佩主子的胆识和力量，和主人生死与共。因此，较之恋爱，这更是一种官能性的忠实、理想的献身和自我牺牲的快乐。对这位少年来说，这是极其自然的梦幻般欲望的表现。一天夜里，稔梦见悠一和自己在战场上的身影。悠一是一名英俊的青年军官，稔是一位美少年警卫兵。两人同时胸膛中弹，紧紧拥抱、亲吻着死去。还有一次，悠一是年轻的海员，稔是少年水手，他们登上热带地区一座海岛的时候，轮船在居心不良的船长命令之下开走了，两人遭到岛上土著人的袭击，他们用巨大的贝壳当盾牌，躲过叶荫深处射来的无数支毒箭。

就这样，两个人共度了一个神话般的夜晚。他们的周围，城市的夜翻滚着巨大恶意的浪涛，那些恶棍、仇敌和刺客，一个个从幽暗的窗外窥视着，巴望他们获得厄运，为他们的死亡高呼"快哉"。稔恨不得枕头下有一把手枪，这样他才能睡安稳。他老是怀疑那边的西装壁橱里藏着一个恶人，夜阑人静，趁他们熟睡时，打开一道细缝，用手枪向他俩瞄准。果真这样该怎么办呢？稔看到悠一对他这番心思浑然不觉，照旧呼呼大睡，心想，只有这个人才具备过人的胆识和力量。

稔一直极力希求摆脱的不可预知的恐怖，突然发生变异，这些恐怖如今皆成为稔陶醉于其中的甘美的故事了。他从报上看到走私鸦片和地下结社的报道，仿佛这些事都同自己有关，热心地阅读起来。

少年这种倾向也或多或少感染了悠一。悠一过去害怕、如今仍然害怕的顽固的社会偏见，对于这位富于幻想的少年来说，反而可以鼓舞他的幻想，在他眼里，那只不过是传奇般的敌视、罗曼蒂克的危险、俗众对正义和高贵的妨碍、土著人无理的执拗的偏见罢了。这使悠一的心获得慰藉。而且，一想到少年这种灵感的源泉正是悠一本人，于是他为自己这种无形的力量而深感惊讶。

"那些家伙（这是少年对'社会'唯一的称呼）正在瞄准我们，我们必须小心。"稔说出他的口头禅来，"那些家伙巴不得我们早死。"

"怎么样呢？那些家伙不在乎我们，只是捂着鼻子打我们身边走过去。"——年长五岁的大哥，摆出现实的看法。然而他的意见不足以使稔信服。

"呀，女人！"稔对着走过去的一群女学生啐了口唾沫，他把听来的一星半点的关于性的诅咒，一股脑儿抛出去，故意让她们听见，"女人呀，什么东西，不就是大腿之间夹着一个脏口袋吗？口袋里装的净是垃圾！"

悠一自然没有对他说出自己是有老婆的，只是微笑地听着他咒骂。

从前稔只一个人晚上出来散步，现在他和悠一一起散步了。漆黑的街角，到处潜伏着看不见的刺客。这些刺客，正蹑手蹑脚地盯着他们两个。甩掉这个家伙，或者耍他一下，来个无罪的报复，这就是稔爱玩的游戏。

"阿悠，你看。"

稔打算犯一次小小的罪，足以使追他的人跟过来。他吐出嘴里的口香糖，粘在路边外国人光闪闪的汽车的门把手上。干完这件事，他又装作什么也没干，催促悠一快走。

　　一天晚上，悠一陪着稔一起到银座温泉楼顶上喝啤酒。少年泰然自若地多要了一大杯。楼顶上夜风清凉，他们汗湿的紧贴在脊背上的衬衫，立即被风吹得鼓胀起来。红、黄、浅蓝色提灯，围绕着晦暗的舞场摇曳闪烁。在吉他的伴奏下，两三对男女轮番站起来跳舞。悠一和稔也很想跳上一场，但这里，男人和男人一起跳舞总是叫人看不惯。他们只得看着别人欢乐，心情渐渐郁闷起来，于是两人离席，走到楼顶黑暗的角落，靠在栏杆上。夏夜城市的灯光直达远方。南边汇聚着一片暗影，细想想，那里是浜离宫公园的森林。悠一把手搭在稔的肩膀上，漠然望着那座森林。只见林中逐渐腾起一团亮光，开始燃放的巨大的绿色的焰火，眼见着圆圆地扩大开来，伴随一声轰鸣，变成黄色，再变成淡红的光伞，消散了，又恢复了寂静。

　　"那样子，真好。"稔想起侦探小说里的情节，"要是把人全都当成焰火，打到天上让其散灭，那才好呢。世界上一切邪魔，一个个当成焰火全部毁灭，单单留下悠一和我两个人，那该多好啊！"

"那就不能生小孩啦。"

"要小孩干吗？假如我们真的能结婚生子，那么孩子长大了，也会欺负我们，再不然，就和我们一样。二者必居其一。"

他最后一句话，悠一听了有点儿悚然。康子生了女孩，他觉得这是神灵保佑的结果。青年的手掌亲切地抓住了稔的肩膀。

稔充满稚气的柔嫩的面颊以及天真的微笑里，隐含着叛逆的灵魂，这一点反而使悠一原有的不安的心情找到了慰藉。这种平时的共同感觉，强化着两人官能上的纽带，为友情中最本质的部分、最冠冕堂皇的部分带来力量。少年强大的想象力，拖带着青年的疑虑自行前进。其结果，弄得悠一也被孩子般的幻想迷倒了。一天夜里，他忽然认真地想象着到南美亚马孙河上游探险，一直没有睡好觉。

深夜，他们要到东京剧场对岸的码头划船。小船已经停泊在船坞里，码头上的小屋也早熄了灯，上了一把大铁锁。两人只得坐在船坞边的木板上，双脚在水面上摇晃着，抽着香烟。对岸的东京剧场已经散场，右面桥对过的新桥舞剧场也散场了。河上灯火阑珊，幽暗沉滞的水面，白天留下的暑气尚未散去。

稔伸出前额，说生痱子了。他让悠一看自己额上斑斑点点发红的痱子。这位少年，总不会忘记把自己的笔记、衬衣、书、袜子和新上身的衣服，一律送给情人看。

稔立即"扑哧"笑起来了。悠一听到他的笑声，朝东京剧场前面沿河的道路看了看，一个骑自行车的身穿浴衣的老人没有扶住车把，连人带车摔倒在路上，好像伤了腰，爬不起来了。

"这么大年纪还骑自行车，真犯傻。要是滚到河里，那才好看呢。"

稔快活的笑脸，以及暗夜里显露出来的满口残酷的白牙，看上去多么美丽！这时，悠一不由感到，稔和自己有着超出相像的共同之处。

"你有固定的朋友了吧？你经常离家出走，有点儿不像话呀。"

"他喜欢上我的缺点啦。倒也做了我的养父，法律上也承认的。"

"法律上"这个词儿，从这少年嘴里说出，外表上听起来有些滑稽。稔接着问道：

"阿悠有固定的朋友吧？"

"嗯，只有一个老爷子。"

"我去给你杀掉。"

"没用，那家伙杀也杀不死。"

"为什么？年轻漂亮的人，肯定都是人家的俘虏。"

"这样更方便。"

"又给置办西服，又有花不完的零用钱。还有，尽管讨厌，总是自作多情。"

少年说罢，对着河面吐了一大口白花花的唾沫。

悠一揽住稔的腰，将嘴唇贴过去接了个吻。

"不成呀，"稔并不拒绝，他一边接吻，一边说，"和阿悠接吻，那东西就立即挺起来，不愿回家啦。"

过了一会儿，"啊，蝉！"稔叫道。都电的轰鸣驶过桥后一片寂静，这时，白天叫过头儿的蝉，夜间又穿破寂静，传来细微的鸣声。这一带没有像样的树林，一定是哪个公园里的蝉迷了路飞来这里的。蝉沿着河岸低低飞行，向着右方桥头群蛾乱舞的路灯飞去。

于是，两人不得不抬头看着夜空。但是，悠一的鼻孔闻到一股河水的恶臭，两人摇晃的脚上的鞋子离河面很近。悠一对这位少年打心里喜欢，但又不能不觉得"我们正像水老鼠一样谈恋爱"。

有一次，悠一无意看了看东京地图，不由惊叫起来，世界上竟有这样的奇事：他和稔并排瞅着的河水，原来是他和恭子一起从平河门高台望到的护城河的水。平河门前锦町河岸的水，过了吴服桥转向左方，又在江户桥近旁注入支流，沿木挽町从东京剧场门前穿过。

本多福次郎开始怀疑稔了。一个溽热难眠的晚上，这位不幸的养父躺在蚊帐里读通俗故事杂志，一边等稔回来。他的脑子简直要发狂了。凌晨一点，后门有响动，接着又听到脱鞋子的声音，福次郎便熄掉枕头边的灯。里面房间的灯亮了，稔似乎在脱衣服。

接着又好像花了好长时间，光着身子坐在窗下抽烟。透过微弱的灯光，福次郎看到薄薄的烟雾从栏杆里升起来。

稔赤裸裸走入寝室，正要钻进被窝的时候，福次郎一跃蹿过去，将身子压在稔的身体上。他手里拿着绳子，把稔的手绑上，剩下的绳子顺便又在胸脯上缠了几道。其间，稔的嘴压在枕头上，喊不出声来。福次郎一边绑，一边用额头将枕头顶住少年的嘴巴。

好不容易捆好了，稔在枕头底下诉起了苦，声音含含糊糊。

"好难受啊，闷死啦。我不喊，快把枕头挪开些！"

福次郎骑在稔的身上，唯恐这个养子跑了。挪开枕头，把右手伸到少年的腮边，打算稔一喊，就立即捂住他的嘴。福次郎用左手抓住少年的头发，推推搡搡地说：

"快快坦白，又和哪里的贱骨头鬼混去了？说，统统抖搂出来！"

稔的头发被抓住，裸露的胸脯和两手蹭着绳子，好不疼痛。然而，听着这番老掉牙的审问，这位爱幻想的少年，想的不是突然来这里拯救他的可靠的悠一

的身影，而是世态教会他的现实的法术。稔说，松开
头发就坦白。福次郎一旦放开手，他就瘫倒装死。福
次郎慌了，摇摇少年的脸孔。稔又说，胸间的绳子疼
得穿心，解开绳子就坦白。福次郎点亮枕边的灯，解
开绳子。稔的嘴唇贴着手脖子疼痛的地方，低着头不
吭气。

胆小的福次郎骑虎难下的态势，早已蔫了一半。
他见稔守口如瓶，这回想来软的一手。他对着盘腿而
坐的裸体少年，低下头一边哭一边检讨自己的暴行。
少年洁白的胸间，绳子留下淡红的伤痕。不用说，这
场戏剧性的惩罚，就这样稀里糊涂结束了。

福次郎害怕暴露自己的行为，对于请秘密侦探，
怎么也下不了决心。第二天晚上，他撂下店里的事，
又开始对这个可爱的人儿盯梢了。稔的行踪难以捉摸。
于是，他送给店里的心腹店员一些钱，叫他盯住。这
位颇为聪明的忠心耿耿的店员，终于查到了和稔交际
的人，从相貌、年龄和衣着，直到那人叫"阿悠"都
查得清清楚楚，并报给了他。

福次郎去了很久没有光顾的此道的酒吧，他过
去的一位朋友现在仍然脱不掉恶习，经常出入这里。

他带着这个老熟人，到别的安静的咖啡馆和酒吧查找"阿悠"的身份。

悠一自以为自己的详情只是小范围知道，实际上，在这个除了打听别人隐私就没有别的话题的"小社会"里，就连如何才能接近他的小常识都传播开了。

大凡此道里的中年男子，都嫉妒悠一的美貌。他们从不吝惜对悠一的爱恋，但这位青年无情的拒绝，更使他们大发醋意。不如悠一漂亮的青年们也是如此。福次郎轻而易举获得了大批的材料。

他们都爱说三道四，尤其爱拿女人开涮，即便在自己一无所知的事情上，也发挥了偏执的热情，为福次郎又找到一个掌握新情况的人物。福次郎去见这个男人。这个男人又介绍一个好心而健谈的男人。福次郎短短时间，会见了十多个素昧平生的男人。悠一要是知道了，准会感到震惊，且不提他同镝木伯爵的关系，就连他和世俗气十足的河田的来往都一个不漏地传开了。福次郎从悠一的姻亲关系到住址、电话号码一一查个明白，一回到店里，就精心策划起各种卑劣的手段来了。

第二十八章　晴天霹雳

　　悠一的父亲活着的时候，南家没有别墅。父亲讨厌守在一个地方避暑、避寒。终日繁忙的父亲留在东京，他们母子到轻井泽、箱根等地的饭店消夏，周末父亲来一次。这是惯例。轻井泽熟人很多，在那里度夏非常热闹。但是，近来母亲发现悠一的性格变得喜欢孤独了。同他的年龄和健康的身体不相称，漂亮的儿子不愿去交际繁忙的轻井泽，夏天情愿去没有几个熟人的上高地。

　　战争激烈的年月，南家也没有急于疏散。一家之主对这件事很不在意。空袭开始的几个月前，昭和十九年夏，悠一的父亲在东京自己的家中溘然长逝，患的是脑溢血。坚强的夫人不听周围人的劝说，硬是留在东京家里，守护亡夫的牌位。这种精神力量也许吓退了燃烧弹吧，宅子完好地迎来了停战。

假如有别墅，可以卖个好价钱，足可以应付战后的通货膨胀时期。悠一父亲的财产，除了现在的住宅，动产、有价证券、存款等，在昭和十九年是二百万元。被撇下的母亲，为了渡过难关，将心爱的宝石低价卖给倒爷，惶惶恐恐度着日月。这时，碰巧得到父亲一个精于此道的原部下的帮助，很体面地交了财产税，又把存款变成有价证券，通过一番巧妙的操作，成功地闯过了施行通货非常措施的难关。经济稍稍稳定之后，留下了两件宝贝：七十万银行存款，以及混乱时期培养起来的悠一理财的本事。后来，这位热心的帮手也得了父亲一样的急症死了，悠一的母亲遂将家计放心地交给了老女佣。这位好心眼儿的女佣在账目方面表现出脱离时代的无能，又不知道如何应付危机，悠一发现后吓了一跳。这在前边已有叙述。

基于这些情况，战后南家始终没有避暑的机会。康子娘家在轻井泽有别墅，邀请他们避暑，这使悠一的母亲很是高兴，但她不想离开东京一天，害怕临时找不到主治医生，便轻易取消了这个高兴的念头，让小两口领着孩子一同去。母亲带着凄凉的神色，提出这种特殊的自我牺牲的请求，使得时时想着婆婆的康子，怎能抛开疾病缠身的老太太不管。媳妇体贴的回答引得婆婆十分开心。每有客来，康子总是拿出电扇、冷毛巾和冷饮招待，婆婆口口声声夸奖媳妇的孝心，弄得康子怪难为情的。她还说什么假如担心来客将此看成只是出于婆婆的私心，那么她也可以提出一个不合情理的方案：建议把头胎孩子留在东京，让她习惯习惯东京酷烈的夏天。溪子爱出汗，生了痱子，整天搽痱子粉，弄得像个小雪人一般。

悠一一直不愿意受岳丈家的照顾，出于一颗狂放不羁的心，也反对避暑的邀请。一家人里，在政治手腕上稍胜一筹的康子，将顺从丈夫的旨意看成是对婆婆尽孝心。

一家人平平安安度过了夏季，有了溪子，使得全家忘掉了暑热。但是，还没学会笑的婴儿，总不改一副动物般生硬的表情，打从参拜神社以来，孩子对于彩色风车的转动和嘎啦嘎啦的响声很感兴趣。获得的礼品有漂亮的八音盒，倒是很起作用。

八音盒是荷兰产品，这件玩具仿照古雅的农家，拥有一座开满郁金香的庭院。打开中间的门，就出现一个小人儿，穿着荷兰的衣服，系着彩色围裙，手里拿着喷壶，站在门框旁边。门开的期间，八音盒响着，演奏着耳熟的荷兰民谣的俗曲。康子爱待在通风良好的楼上，给溪子听音乐。夏天午后懒于用功的丈夫，也加入了这娘儿俩的娱乐。这时节，风从院里的树木间吹来，穿过南北屋子，令人感到一阵凉爽。

"知道啦？看，听着呢，竖起耳朵来啦。"

康子说着。婴儿的这副表情，使得悠一看得入迷。"这孩子只有内部……"他想，"几乎没有什么外界。所谓外界，也只是肚子饿时送到嘴边的母亲的乳头、夜里或白天漠然的光线的变化、风车美丽的旋转、八音盒嘎啦嘎啦单调而柔和的音乐，只有这些东西。然而，论起她的内部，怎么样！自有人类以来，女人的本能、历史和遗传受到挤压，而后就像水中花一样，在作为环境的水里，扩大，开花，只剩下这件工作了。我要把这孩子培养成女人中的女人、美女中的美女！"

按时授乳的科学育儿方法，近来不大吃香了。溪子一旦哭闹起来，康子立即喂奶。夏天敞开穿着薄薄衣服的前胸，裸露的乳房硕大、美丽，这团白嫩而富于敏感的皮肤上，游走着一线青色的静脉血管，清冽异常。然而，掏出的乳房像温室里熟透的果实，浸满了汗水。康子在用沾有稀硼酸水的纱布消毒奶头之前，必须先用毛巾擦去汗水。乳房尚未挨近幼儿嘴唇，奶水就渗了出来，她一直为过于丰盈的乳汁而头疼。

悠一看看这对乳房，又看看窗外夏云浮动的天空。蝉一个劲儿啼叫，反而时时使人忘记耳边的聒噪。溪子吃完奶，在蚊帐里睡了，悠一和康子对望了一下，笑了。

悠一突然有一种自己被什么撞倒的感觉。莫非这就是幸福？同时也是可怕的事情全部到来了，完成了，抑或正留在眼前，看着它，只是感到无力的安慰？他对这种冲击一时有些茫然起来。一切结果外观上看起来是这样确切和自然，这使他感到惊讶。

数日后，母亲的状况急剧变坏，平素每到这时候，她总是不失时机地叫来医生，这回却顽固地拒绝看病。这位爱唠叨的老年絮妇，整天闷不作声，只能让人觉得发生了异样的变化。当晚，悠一在家里吃饭。他看到母亲脸色不好，强作笑脸时表情极不自然，一点没有胃口，于是他不打算外出了。

"今晚怎么不出门了呢？"她对在家磨磨蹭蹭的儿子，故意表现出快活的样子说道，"我的身体用不着你牵挂，我没有生病。要说证据，我自己对自己的身体很清楚。要是有什么不好，会马上请医生来的，所以谁也不要担心。"

她尽管这么说，可是孝顺的儿子就是不肯走。第二天早晨，聪明的母亲变换了战术，一大早，她就显得精神振奋。

"你想知道我昨天到底怎么了，是吗？"她对着阿清莫名其妙地大声说，"昨天嘛，那只不过证明我还没有从更年期里毕业呀。"

昨晚她几乎一夜未睡。不眠带来的兴奋状态，以及数度唤回的理性，使她巧妙地导演了这出戏剧。晚饭后，悠一放心地外出了，果断的母亲命令贴心人

阿清叫来一辆出租车，说上车后再告诉她去哪里。阿
清想跟她一起去，母亲制止了她，说：

"不用陪，我一个人去。"

"不过，太太……"

阿清甚感惊奇，悠一的母亲生病以来，很少一
个人外出。

"我一个人出门难道就这么稀奇吗？请不要把我
当成皇太后。康子生孩子的时候，我一个人去医院，
不是什么事也没出吗？"

"可那时家里没人。再说，太太自己也同我有约，
说今后决不再单独外出的呀。我都记着呢。"

听到主仆两人的争执，康子来到婆婆居室，脸
上露出担心的样子。

"妈，还是我陪您去吧，要是阿清去不方便
的话。"

"好啦，康子，不用担心。"她说话的声音很动情，
很亲切，像是对着自己亲生女儿一样，"为了处理你
们死去的父亲留下的一笔财产，我要去见一个人。这
件事情我不想让悠一知道，假若我回来之前他回家了，

就说我被一位老朋友的车子接走了。要是悠一在我后头回来，我什么也不说，康子和阿清你们也不要提起我出门的事。请记住了啊，我自有主张。"

她不管别人如何，发了一通指示后就慌慌张张乘车出门去了。两小时后她乘同一辆车回来了。看样子很累，立即入睡了。悠一深夜才回来。

"妈妈怎么样？"悠一问。

"好多啦。和平时一样，九点半就早早上床休息了。"忠实于婆婆的妻子回答说。

第二天晚上，悠一一出门，母亲就立即要雇车准备外出。第二个晚上，她不要任何人靠近，独自默默地准备着。阿清送来银制的和服腰带扣子，女主人一手抓过去，老女佣不安地抬头看着她。然而，这位不幸的母亲，目光里闪现着不祥的热情，对好心的无能为力的女佣，一开始就置于视线之外。

她为了拿到唯一的证据，接连两个晚上到有乐町的罗登，等着悠一在那里出现。前天，她接到一封可怕的匿名信，写信人劝告说，为了证实密告不是说谎，请按信里的地图找到那家奇怪的店，在那里等他本人出现。她决心一个人单独行动。不论这袭击全家的不幸埋藏的根子有多深，那也只是母子之间应该解决的问题，决不能连累康子。

再说罗登，连连两个晚上，迎来一位非同寻常的客人，大家甚感惊奇。江户时代，按常规，男妓不仅接待男客，也接待女客。现代这样的习惯早已被忘却。信里还告诉她这家店许多奇异的风习和隐语。南太太费了九牛二虎之力，这才成为一个熟门熟路的客人。她丝毫不露惊讶之色，举止落落大方。因此，连出来应酬的店老板，都觉得她是一位有教养的老妇人。他被她洒脱的谈吐迷惑住了，也就不由放松了戒备。不说别的，只要这位上岁数的女客不惜花钱就成。

"也有这样好事的客人哩。"洛蒂跟少年们说，"都这般年纪了，还那么随和大度、心直口快，真是难得。其他客人，见到她也不会在意，可以尽情地玩乐。"

罗登的楼上，当初是女人的酒吧，后来洛蒂改变了主意，把女人赶走了。如今，每到天黑以后，男人们可以到楼上跳舞，看男扮女装的少年跳半裸体舞。

第一个晚上，悠一没有来。第二个晚上，她决心等悠一出现。滴酒不沾的她出钱请客，大大方方请陪侍她的两三个少年喝酒，吃东西。等了三四十分钟，悠一还没来，突然，一个少年的话引起她的注意。少年对伙伴说道：

"怎么回事呀？阿悠两三天没来了。"

"你瞎操什么心？"发话的少年受到了对方的奚落。

"我才不操心呢，反正悠一和我没有任何关系。"

"光嘴上这么说。"

南太太若无其事地问道：

"阿悠很有名气，是吗？他长得很帅吗？"

"我有他照片，给您瞧瞧吧。"第一个开腔的少年说道。

他拿照片花了好大工夫。他从里面口袋掏出一叠沾满灰土的脏兮兮的东西，有名片、折叠的碎纸、几张一日元的钞票、电影院的节目单，乱七八糟一大堆。少年歪着身子凑近台灯，一张一张仔细寻找。这位不幸的母亲到底没有勇气看着他慢条斯理地翻检下去，她闭上了眼睛。

"最好是照片上的青年同悠一又像又不像。"她在心里祈祷，"这样，还可以留有几分侥幸，获得片刻的安慰。对于那封不祥的信，哪怕只有一行（只要没有证据），就可以断定是有意诬陷而写下的谎言。老天保佑，那照片上不是悠一，而是一个陌生人。"

"有啦，有啦！"

南太太将老花的眼睛拉开距离，接过名片大小的照片，挨近灯光。照片纸面反光，看不真切，换个角度，这回看清楚了美青年的脸孔，穿着白色的开领衬衫，一副笑嘻嘻的样子。那正是悠一。

这真是憋闷得喘不出气来的一瞬间，母亲完全失去在这里看见儿子的勇气了。同时，到这会儿，一直保有的坚强的意志也崩溃了。她漠然地把照片还给少年，再也没有力气谈笑自如了。

楼梯上响起脚步声，新来的客人上楼了。一看到是个年轻的女客，包厢里拥抱接吻的男人们立即分开了。女子认出了悠一的母亲，表情严肃地走了过去。女子叫了声"妈"，南太太大惊失色，女子抬起头，是康子。

婆媳二人认真小声地交谈了几句，婆婆问她怎么到这地方来了，媳妇没有回答，只是催促她赶快回家。

"可是……在这里遇到你……"

"妈，回去吧，我是来接您的。"

"你怎么知道我在这儿？"

"回头再说，先回家吧。"

她俩匆匆算过账，走去店门。大街一角停着婆婆的包车，康子是坐出租车来的。

南太太靠在座席上，伸展着身子，闭着眼睛。车开了，康子浅浅坐着，照顾着婆婆。

"哦，浑身汗淋淋的。"

康子说着，用手帕擦婆婆的额头。南太太微微睁开眼来。

"我明白啦，你看到了我的那封来信，对吧？"

"我怎么会干那事呢？其实，我今早接到一封厚厚的信呀。看了信，我猜出婆婆到哪里去了。想到今晚没人陪您，我就找到这里来啦。"

"你也接到了同样的信？"

南太太痛苦非常，不由惊叫了一声。她说真对不起康子，说罢哭了。这种无缘的道歉以及痛哭，深深打动了康子，她也跟着哭起来。两个女人一路上在车子里一边哭，一边互相安慰，关键的事一句也未提及。

回到家，悠一还没回来。南太太本来想自己单独解决问题，她不愿累及媳妇，更要紧的是媳妇毕竟是外人，这种丑事没脸让她知道。可是这件家丑一旦随着眼泪败露出来，康子成了这件秘密唯一的分忧者，同时又是她不可替代的帮手。两人火速避开阿清，到离她很远的一间屋子里，拿出两封信对照着看。可是，要使她们对卑劣的匿名信的写信人打心眼里产生憎恶，还需要花一段时间。

两封信字迹相同，行文也完全一样。错字连篇，语句不通。不少地方，故意伪装自己的字体，将字写得歪歪斜斜。

　　信里说，对于悠一的作为，自己感到有义务写下来加以报告，悠一这位丈夫是个"不折不扣的假货"，他"绝不爱女人"。悠一不仅"欺骗家庭，玩弄社会"，并对破坏他人幸福的结合毫不介意。他虽是个男人，又被男人玩弄。他过去是镝木原伯爵的favourite[1]，眼下是河田汽车公司总经理的嬖儿。不光如此，这位美丽的骄子，不断背叛这些年长情人的恩爱情意，又对源源不绝的少年相好朝三暮四，爱一个丢一个。这个数目比一百只多不少。"还有，记住"，这些少年情人，一律都是同一性别。

　　其中，悠一以夺取他人所爱为快，被他抢走宠童的一个老人自杀了。写这信的人也是同样的受害者。把这种信寄到您手里，也是出于不得已，望能体察这番心情，给予谅解。

　　如果对这封信有怀疑，不相信我说的是实话，我劝您晚饭后到下面这家店里走一趟，亲眼看看我说

――――――――――――

1　英语：宠儿。

的是否符合事实。因为悠一经常到那家店里去，要是在那里碰见他，就证明我上面说的没有错。

信的内容大致如此。另外还附了一份关于罗登地址的详细说明图，以及访客进入罗登的注意事项。两封信都一样。

"妈在店里见到阿悠了吗？"康子问。

照片的事，她本来想瞒住媳妇，最后不由得和盘托出了。

"虽然没碰到他人，可是看到了他的照片。那正是悠一的照片，那里一个不学好的招待，当成宝贝带在身边。"

说罢，她有些失悔，又补充说：

"……反正没见到人。不过，这封信的疑点，还没有彻底推翻呢。"

她虽然这么说，可那焦躁的目光背叛了她的话语，说明她心里并不认为信是假造的。

南太太突然发现同自己并膝而坐着的康子，脸上没有一点儿惊讶的表情。

"你这般镇静自若，真是没想到呀，你可是悠一的夫人哪！"

康子做了个表示歉意的动作，她害怕自己无动于衷的样子会使婆婆更加伤心。婆婆接着说道：

"依我看，这封信并非都是谎言啊。要是真的，你还能坐得住吗？"

对于这个自相矛盾的诘问，康子的回答也使人难以捉摸。

"哎，怎么办呢？我也想到了这一点。"

南太太沉默良久，不一会儿，她低伏着眼睛，说道：

"也许因为你并不爱悠一吧。但是，如今碰到这种可悲的事，我没有资格责怪任何人，说不定只能将这个看成不幸中的万幸呢。"

"不，"康子果断的语调里似乎流露出几分喜悦，"不是的，妈，正相反。所以，我更觉得……"

南太太面对这位年轻的媳妇，有些招架不住了。

邻间屋子传来正在睡觉的溪子的哭声，康子过去喂奶。悠一的母亲一个人留在远离的八铺席房间里。蚊香的香气搅得她更加不安，要是悠一回到这里来，做母亲的反而没了去处。同样一个母亲，到罗登去，一心想看到儿子，可眼下最怕遇见儿子。她甚至巴不得今晚儿子最好不要回家来。

南太太的苦恼是否基于道德的谴责，还很值得怀疑。道德上的判断能令人态度坚决，道德上的恼怒自然使人表情严峻。而她，则无视这两点。她心中的通常的概念和世俗智慧被推翻了，她为此而感到迷惘。她本来的亲切之情不见了，代之而来的只有厌恶和恐怖。

她闭上双眼，这两个晚上，她脑里浮现着地狱的光景。除了一封拙劣的信之外，这里还有一个她不具任何知识的现象。这个现象使人觉得无比的厌恶、可怖、反感，如此丑陋，令人产生恶心和呕吐等不快之感。而且，那个店里无论店员还是客人，都一律像普通人一样，保持着日常生活中泰然自若的表情，更加形成了令人不快的对比。

"那些人都觉得是理所当然的。"她忿忿地思考着，"这个颠倒的世界竟然如此丑恶！那些变态的家伙，要多丑有多丑。正确在我这边，我的眼睛没有走样。"

这样想着想着，她感到自己是彻底的贞女，她的纯洁的心灵从未这样炫耀过自己是贞女。人人充满自信，以此作为生活的支柱，一旦种种观念受到侮辱，就会愤然而起，发出哀号。这是不言自明的道理。世上百分之八九十的成年男子，都属于这种贞女类型。

她从来没有像现在这样优柔寡断，同时在过去数十年的岁月里，也从来没有像现在这样充满自信。判断倒是甚为简单，用一个可怖而又滑稽的词语"变态性欲"，就可以使一切迎刃而解。这个为良家子女闭口不谈的毛毛虫一般令人悚然的词语，竟然同自己的儿子直接挂起钩来了。对于这一点，这位可怜的母亲佯装不知。

看到男人和男人接吻，她一阵恶心，闭上了眼睛。

"一个有教养的人，怎么会干出这种事来！"

"变态性欲"这个滑稽的词语，和无可选择的"教养"这个滑稽的词语，一同在她心中浮现，这时，南太太一直沉睡心底的自豪感开始抬头。

她所接受的是良家子女最高尚的教育。她的父亲属于明治时代的新兴阶级，像热爱"勋章"一样热爱"高雅"。她的娘家人个个高雅，连狗都表现一副高雅的样子来。一家人在自家餐厅吃饭，有人从远处递过来佐料，也要道一声"谢谢"。南太太成长的时代，未必是个安定的时代，却是一个伟大的时代。生来匆匆，看到日本在日中战争[1]中取得胜利，十一岁又喜逢日俄战争的胜利。她十九岁嫁到南家之前，父母为了守护这位具有敏锐接受能力的少女，除了依靠他们所处的时代和社会极其稳定的"有品味"的道德力量，再也不需要其他一切。

过门十五年，一直没生孩子，婆婆在世时，她实在抬不起头来。悠一生下之后，她这才松了口气。这时，她所信奉的"有品位"的内容产生了变化。这是因为，从大学时代起就爱玩女人的悠一的父亲，结婚后十五年来，一直过着放荡不羁的生活。悠一出生

---

1 指 1894 年的中日甲午战争。

时最让她感到欣慰的一件事是，她没有让让丈夫在不正经的土地上播下的种子进入南家的户籍。

她首先遭遇的就是这样的人生，但是，她把对丈夫的敬爱之心和天生的矜持性格互相折中，学会一种崭新的爱的态度——用宽恕代替忍耐、用包容代替屈辱。这就是"有品味"的爱。她感到，这个世界似乎没有自己不能宽恕的东西。至少应把"低劣"排除在外！

伪善一旦涉及兴趣上的问题，大事情可以洒脱地放过去，但是在细小的事情上就会出现道德方面的不和谐。但是，南太太对罗登的空气抱有无可容忍的厌恶，这和将此单单作为低劣的趣味而采取轻蔑的态度，两者丝毫没有矛盾。就是说，因为太"下流"，所以她不能宽恕。

看到这番光景，平素她那副体贴的心肠，再也不能对儿子产生同情了，这是可以理解的。不过，使南太太感到惊讶的是，这种令人厌恶的下流无耻的事情，怎么会搅得自己如此肝肠寸断、痛哭流涕呢？

喂完奶，康子哄溪子睡了，又回到婆婆这边来。

"我呀，今晚上不想见悠一。"婆婆说，"该说的明天我会跟他说。你早点儿休息吧。翻来覆去想也没有用。"

南太太叫阿清来，要她赶紧收拾铺床，心里似乎有一种急不可待的事。今天她太累了，上了床之后，就像一个醉汉借助酒力昏睡一般，被苦恼折磨得有些麻木的她，相信能睡个好觉。

*

夏天，南家把吃饭的地方移到一间凉爽的房子里。第二天一大早就很热，母亲和悠一夫妇坐在廊子一角凸出的阳台椅子上，吃着凉果汁，吃着鸡蛋和面包。每天吃早饭时，悠一总是膝头上摊着报纸，看得入迷。今天也一样，只听面包屑像水点儿撒在报纸上，沙沙作响。

吃罢饭，阿清沏茶来，将桌面拾掇好后，走了。

人大凡专心于某种事，反而会有一些笨拙的举动。但南太太却不动声色地把两封信杵到了悠一面前。康子看了，心里咚咚直跳。信被报纸遮挡着，悠一的眼睛看不到，母亲用手里的信捅捅那报纸。

"算啦，别再看报了。我们这里收到两封信呢。"

悠一把报纸胡乱折叠一下放在旁边的椅子上，他看到母亲拿着信的手在抖动，看到她由于紧张过度，脸上浮现的浅浅的笑意。他看到了母亲和妻子的名字，翻过信封一片空白，后面没有寄信人的名字。掏出厚厚的信纸打开，再掏出另一封来。母亲用不耐烦的口气说：

"两封信完全一样。寄给了我，也寄给了康子。"

看了信，悠一的手也颤抖起来。读着读着，脸色变了，他用手帕不住擦额头的汗。

他几乎没细看内容，便知道密告的是什么事。他在苦思，如何巧妙地应对眼前的局面。

不幸的年轻人一副伪装的苦笑浮现在唇边。他鼓足勇气，正面望着母亲的脸。

"什么呀？乱七八糟的！写这种毫无根据、卑劣下流的信……我遭人嫉妒，才会有这种倒霉事。"

"不对，我去过信上写的那家下流的店，而且清清楚楚亲眼看到了你的照片。"

悠一再也无话可说了。母亲尽管言辞激烈、表情严峻，其实她站在距离儿子悲剧遥远的地方，她的愤怒近似于见到儿子戴一条不够高雅的领带时产生的不快。悠一一颗激动的心，未能使他看穿这一点。性急的他，看到了母亲眼里的"社会"。

……康子抽抽噎噎哭了。

这个平时不想让人看到流泪、一贯用爱包容一切的女人，眼下丝毫不觉得悲哀，但还是哭了，她自己也甚感奇怪。她平素不流眼泪是害怕丈夫看了不高兴，她没有觉察，现在这眼泪是明知可以拯救丈夫而自然流下来的。她的生理被爱情所驯服，以至于为爱而产生功利性的运动。

"妈妈，别说了。"

婆婆的耳畔传来她沉滞的声音，康子说罢离开了。她围着回廊一阵小跑，到溪子睡觉的屋子去了。

悠一一言不发，身子也不动一下。不管怎样，现在必须立即行动起来。他把桌子上的十多张信笺从一端刺啦一声撕碎，又把碎片团成一团儿，投进碎白花纹的浴衣袖筒里。他等待母亲的反应。然而，母亲双肘支撑着桌面，手指顶着低下来的前额，一动不动。

过了一会儿，先开口的是儿子。

"妈妈您蒙在鼓里了。这封信您要是当真，我也没办法。不过……"

南太太几乎喊出来：

"康子怎么办？"

"康子怎么办？我是爱康子的。"

"可是，你不是讨厌女人吗？你爱的是学坏了的男孩子，还有那些阔佬和中年汉子。"

儿子对变得毫无体贴之心的母亲感到吃惊。事实上，母亲的发怒是因为他是她的亲生儿子，有一半是冲着自己来的。她自己有意强忍住了同情的泪水。悠一想：

"同康子草草结婚，不是母亲您硬逼的吗？怎么把一切责任都推到我头上来了？"

出于对病弱的母亲的同情，他没有出口强辩。他用断然的口气说：

"反正我爱康子，只要这能证明我也爱女人，就够啦。"

母亲没有认真听他解释，用近乎胁迫的病中的胡话对他说：

"……总之，我要尽快见到河田先生。"

"不要干那种不体面的事，河田先生会认为这是欺诈他。"

儿子一句话很有效，可怜的母亲莫名其妙地嘀咕了几句，撇下悠一走开了。

早晨的饭桌上只有悠一一个人。他的面前有掉落着面包屑的清洁的桌布，有充满树枝间漏泄下来的日光和阵阵蝉声的庭院。除了右边袖子里沉甸甸的碎纸屑团儿之外，一切都像这晴明的早晨一样寻常。悠一点燃一支香烟，卷起浆得直挺挺的浴衣袖子，抱着膀子。每当看到自己充满青春朝气的臂膀，总是感到一种值得夸耀的健康的自豪。他的胸脯像有一块重重的铁板，压得他喘不出气来。心跳也比平时急促得多。然而，这种苦闷跟欢喜的充满期待的苦闷没有什么区别，不安之中有着一种明朗的希望。他很可惜一根烟抽完了。他想：

"至少，我现在一点儿也不感到无聊！"

悠一寻找妻子。康子在楼上。八音盒的音乐从楼上袅袅传来。

通风良好的楼上一间屋子，溪子躺在蚊帐里，她高高兴兴睁大眼睛盯着八音盒。康子冲悠一微笑了，然而这种不自然的微笑并不中丈夫的意。悠一上楼时敞开的胸怀，见到这种情景后又重新关闭了。

一阵长久的沉默后，康子发话了。

"……我呀，并不在意那封信。"她笨拙地敷衍着，"我不放心的只是你呀！"

这充满同情的话语在全世界听起来都是同样的温柔，正因为如此，才深深刺伤了这个年轻人。他眼望着妻子，这话与其说是同情，毋宁说是爽直的轻蔑。同刚才一番情绪激烈的表白完全相反，他的被伤害的自尊心，甚至促使他企图对妻子进行一次无缘无故的报复。

　　悠一希求援助，首先想到的是俊辅。但是一想起如今到这种地步俊辅应负的一些责任，他一阵恼怒，抹消了这个名字。他盯着桌子上两三天前读过的京都来信，那是镝木夫人写来的。悠一想，如今能够帮他一把的只有这位夫人了。于是，立即脱掉浴衣，准备换衣服出去发电报。

　　他出了门，阳光在行人稀少的路面上形成强烈的反射。悠一走的是后门，门口正有一个人影犹犹豫豫要进来。他一度走进门，又立即走出去，看样子是等待家里有人外出。

　　那个小个子男人脸转向这边的时候，悠一认出是稔，吓了一跳。两人靠在一起握握手。

　　"来信了吧？那封奇怪的信。我知道了，那信是我家老爷子写的。我真对不起阿悠您哪。我是逃出来的，老爷子派人盯梢呢。我们的事全被他查清楚啦！"

悠一并不感到惊讶。

"我也估计到了。"

"我呀，有话跟阿悠说。"

"这里不是地方，附近有个小公园，到那里说吧。"

悠一装出一副大人般的冷静，挽起少年的胳膊催促着。两个人边走边急匆匆述说着降临到他们身上的危难。

附近的 N 公园本来是 N 公爵宅第花园的一部分，二十多年前，公爵家出让广大土地，遂将池塘周围坡地上的一角庭院留作公园，献给区政府。

池面上布满盛开的睡莲，景色很美。除了两三个捕蝉的孩子之外，夏天近午的公园看不到人影。他俩在面对池水的斜坡上的松荫里坐下来。一直无人收拾的斜坡上的草地，到处是纸屑、橘子皮，报纸挂在水边的灌木丛上。太阳落山之后，小公园就会挤满乘凉的人们。

"你想跟我说什么？"悠一问。

"我说，既然出了这种事情，阿悠，跟我一起逃吧，啊？"

"一起逃……"悠一泛起了犹豫。

"你怕没钱是吧？钱不必担心，看，我有这么
多呢。"

少年微微张着嘴，一副认真的表情。他伸手将
裤子后面的口袋解开，取出来一叠精心包装的钞票。

"掂掂看！"他放到悠一手心里说，"有些分量吧？
足有十万日元哩！"

"这钱从哪儿弄的？"

"我撬开老爷子的金库，把钱全拿来了。"

悠一和这个少年相处一个月来，共同幻想着冒
险，也看到了这冒险带来的悲惨和龌龊的结果。他们
面向社会，幻想着所向无敌的行动、探险、英雄的恶
行以及明日即将死去的战友之间悲壮的友情，幻想着
明知最终要受挫的感伤的政变，以及各种悲剧性的青
春。他们知道自己的美好，也因而知道他们自己只适
合于悲剧。他们相信，充满危险的光荣在等着他们：
秘密团体中令人毛骨悚然的残酷的刑罚，被野猪咬

死的阿多尼斯[1]之死，中了恶人阴谋诡计而身陷囹圄，水位一刻刻上涨的地下水牢，洞窟王国生死未卜的演练仪式，地球的灭亡，还有寻求舍身拯救数百战友生命的传奇故事的机会，等等。只有这样的失败，才是符合青春的唯一的失败。放过这种失败的机会，代之而来的必然是青春的灭亡。较之难以忍受的青春之死，肉体之死又算得了什么？众多的青春都是如此（若问为什么，因为青春的生命就是难以忍受的壮烈的死）。他们的青春永远梦想着新的破灭。面临死，美青年应当莞尔待之。

……但是，这种梦想的归结，如今摆在了悠一眼前。这是一件市井小事，既没有光荣的馨香，也没有死亡的壮美。一只水老鼠般的污秽的小事，也许会登报，但只能是一块方糖那样大小的新闻……

"看来，这位少年梦寐以求的是女人似的安定生活。"悠一大失所望，"带着这笔钱私奔，随便找个地方，两个人一起过日子。啊，要是这小子有胆

1　希腊神话中的美丽王子，后被野猪咬死，鲜血育出银莲花。

量把那个老头子杀了，我会跪在这位少年面前给他磕头！"

有着全家老小的悠一，这位年轻的丈夫，对另外一个自己产生质疑。他立即决定下了应该采取的态度。看来，比起那种悲惨的归结，伪善显得更合乎时宜。

"这些钱，放在我这儿行吗？"悠一把一叠钞票装进内衣口袋说。少年用一副天真、信赖的目光看着他，回答道："好啊。"

"我到邮局办点儿事，你也一起去吗？"

"不管到哪里，我这个身子都交给阿悠了。"

"真的吗？"

他说是真的。

悠一在邮局给镝木夫人发了一份孩子向母亲撒娇般的电报："有要事，快来！"接着，就叫了一辆出租车，邀稔一同上车。"到哪儿去？"稔半含期待地问。车子一停下，悠一低声对司机说了要去的地点，稔没有听见，还以为两人要去住豪华宾馆呢。

少年发现车子开到了神田附近，就像逃离羊圈的羊羔又将被关进圈里一样，一阵慌乱起来。悠一说："一切听我的，我不会害你。"少年从悠一坚决的语调里，忽然意料到要发生什么事，不由笑了。他想，这位英雄今天一定会为报仇而大显身手吧？

少年想象着老爷子丑陋的死相，高兴得浑身打颤。悠一在稔身上寄托幻想，稔也在悠一身上寄托幻想：悠一挥舞着刀子，毫无表情地割断老爷子脖子上的血管。想到刹那之间这位杀手的美丽，映在稔眼里的悠一的侧影，随之变得神仙一般完美无缺。

车子在咖啡馆前边停下了。悠一下了车，接着稔也下了车。盛夏正午时分，学生街行人稀少，一片寂静。两人穿过马路，头顶上的阳光照得人不留一点影子。稔得意地抬眼扫视了一下周围二三楼的窗户。从那里不经意望着马路的人们，不会想到这两个人就是两个青年杀手吧？伟大的行为，总是在这种不露声色的时刻发生。

店里人很少。眼睛习惯了外头的阳光，走进店里觉得很暗。一看到他俩走过来，坐在柜台椅子上的福次郎慌忙站了起来。

"到哪儿去了？"

他抓住稔问道。

稔泰然自若地向福次郎介绍悠一，福次郎听了脸色立即惨白起来。

"我有事要和您商量。"

"到里面去吧，这边请！"

福次郎把账务托付给其他店员。

"你在这里等着。"悠一吩咐稔站在门口。

悠一从内衣口袋里掏出钱包，老老实实递给福次郎，福次郎一下子傻了。

"听说是稔君从家中金库里拿的，我收下来，如数还给您。稔君一时想不开，才干下这种事儿，您不要再责备他了。"

福次郎一言未发，胡乱地向美青年瞧了一眼，此时，福次郎心里很不是滋味儿。他用那种卑劣的手段伤害了的对方，使得福次郎最初一眼就爱恋上了。他骤然想出一个傻里傻气的法子，趁早将全部心里话说出来，一任对方责罚，世上也许能够理解自己的

"好心"。他想首先向对方道歉。至于台词，过去听过的江湖上的俗词俚语，要多少有多少。例如什么"哥们，我服了。老兄宰相肚里好撑船，千万别跟我这个小人一般见识，要杀要剐，一切随您的便"等等。

福次郎在演出这场大轴子戏之前，有件事必须赶在头里做好。他接过钱应该数一数。虽说金库里钱他记得烂熟，但账尾巴必须相合。不过，十万日元钞票一时数不下来，他把椅子拉到桌边，对悠一轻轻点了点头，然后解开钱包，认真数起来。

悠一盯着小商人数钱的熟练的手指，那种娴熟的动作里所包含的阴惨的真挚之情，超越了他们的色恋、告密和盗窃。钱数完了，福次郎双手搁在桌面上，又对悠一鞠了一躬。

"钱数全对吧？"

"全对，一分不少。"

福次郎放过了机会。这时悠一已经站起身，对福次郎瞧也不瞧一眼，向门口走去。稔从头到尾看着这位英雄不可饶恕的背叛行为。他背靠着墙壁，脸色惨白，目送着悠一。临出门，悠一对他点点头，稔背过脸去，不予理睬。

悠一沿盛夏的街道独自大踏步走着，没有人跟着他。他嘴边漾起了微笑。青年想极力忍住笑，皱着眉头走路。他充满了无可形容的傲慢的喜悦，他明白了慈善的喜悦为何能使人的行为变得傲慢起来。而且，他还懂得，要想自己有好心情，较之恶行，再没有比伪善更胜于一切的了。他感到十分高兴。

演罢这出戏，年轻人的肩膀如今更加轻松了，今天早晨沉闷的心情也一扫而光。为了使喜悦更加圆满，他想买点儿毫无意义的东西。悠一路过一家小文具店，选购了最便宜的赛璐珞铅笔刀和钢笔尖儿。

第二十九章　解围之神

悠一的无所作为很是完满，处于此种危机时刻，他的平静无与伦比。单单凭借这种从孤独的深渊中产生的平静，他瞒过了家人，使她们怀疑密告信也许是假的。悠一就是如此镇静自如。

他不多说话，平淡地过日子。他把自己的毁灭踩在脚底下，像走钢丝一样从容不迫。青年慢慢阅读早晨的报纸，正晌午睡午觉。不到一天，全家人就失去了解决那个问题的勇气，只得考虑如何从那个话题里逃脱出来。因为实在找不出另外的"有品味"的话题了。

镝木夫人回电了，电报上说，她晚上乘八点半到达的鸽子号特快来东京。悠一去东京站迎接。

夫人拎着一只小旅行包从车上下来，看到了穿着淡蓝衬衫、卷着袖子、戴着制服帽的悠一。这时，她脸上浮现出恬静的微笑，她感到自己比起他的亲生母亲，更能迅速拂去这个青年的苦恼。或许她从前一心巴望看到悠一如此隐含着苦恼的表情而未得吧。她穿着高跟鞋很快走近他，悠一也跑过来，低着眉，夺过夫人的旅行包。

夫人喘着气。青年切实感觉到，夫人依然像从前一样，用热情的视线紧紧盯着他的脸。

"好久不见了，出了什么事？"

"回头慢慢说吧。"

"没关系，不用担心，我来了呀。"

夫人说话时的眼睛里充满了无往而不胜的力量。悠一觉得，他已经和这个曾经被他轻易逼得跪在他面前的女人拴到一起了。这时，夫人从美青年纤弱的微笑里，看到了他经历的辛酸。而且，夫人觉察到，这并非她所给予的辛酸，于是，一阵寂寞的同时，反而产生一种莫名其妙的勇气。

"住在哪儿？"

"我给从前老宅子那家旅馆发了电报。"

两人到旅馆后，吃了一惊。用心周到的老板，为夫人准备了分馆楼上的西式客房，这里正是悠一和镝木被夫人偷窥的那间屋子。

老板过来问安。这位老派的循规蹈矩的人，没忘记依然照伯爵夫人的规格待客。他很注意主客间微妙的关系，仿佛趁夫人不在而强占她的住居一样，他总是唯唯诺诺，把自己旅馆的一间屋子，当别人的住家夸奖一番。他走起路来像壁虎爬墙一般小心翼翼。

"家具都是高档的，我们照样使用着。客人们称赞说，像这种货真价实、古色古香的家具很难见到了。很抱歉，壁纸倒是换过了。这桃花心木质的柱子，光亮耀眼，总是给人一种心静气闲的感觉……"

"这里本来是管家住的屋子。"

"是啊，我们也听说了。"

对于被安排在这个房间里，镝木夫人没有表示异议。老板走了以后，她又站起来，重新打量了一下这间古雅的屋子，由于床上张起了白色的蚊帐，看起来更加褊狭了。打从在这里看见那种事儿离开这个家，已经半年多没来了。按夫人的性格来说，她不认为一次偶然的暗合会带来什么不吉利。再说，壁纸已经"重新更换"了。

"很热吧，去冲个澡好了。"

悠一听到吩咐，打开通向三铺席的狭长书库的隔扇，扭亮了灯。书库的书没有了，全部贴了纯白的瓷砖。书库竟然改装成面积相当的浴室了。

宛如一个游子踏上久别重逢的土地，最初的一刻只能找回往昔的记忆，镝木夫人发觉悠一平静的苦恼里也刻印着自己苦恼的回忆。她被这种苦恼吸引了，然而却未能察觉他的变化。他从自己的苦恼之中，发现自己就像一个束手无策的小孩子。夫人不知道他正在审视着自己的苦恼。

悠一去洗澡，传来哗哗的水声。镝木夫人耐不住暑热，她反手到背后，解开一排细细的纽扣，放松了前胸，依然光润的肩头一半裸露着。她不喜欢用电扇，从手提包里拿出洒满银箔的京扇子扇风。

"他的不幸和我的久别重逢的幸福，形成了多么强烈的对比啊！"——她想，"他的感情和我的感情，就像樱花树的花和叶一般总是凑不到一块儿。"

一只蛾子撞到纱窗上，夜间的大蛾子那种洒落鳞粉的窒闷的焦躁，她是很能理解的。

"看来只得这么想了。至少我的幸福感如今正鼓舞着一个人儿呢……"

镝木夫人看着往昔多次和丈夫一起坐过的洛可可风格的长椅子。没错，她确实同丈夫一起坐过，可是夫妻俩始终保持一定距离，连衣角都碰不到……突然，她看到了长椅上丈夫和悠一正在紧抱着的幻影。她的裸露的肩头发冷了。

那时候的窥见，只是一次偶然的、毫无疑虑的、天真的发现。夫人本想知道的是自己不在场时依旧确实存续的幸福，但往往在这个时候，这种狂妄的欲望反而会招来不祥的结果……而且，今天镝木夫人和悠一都在这间屋子里，她正占据着幸福可能曾占据的位置。取代幸福在场的，是她……这个无比聪明的灵魂，从不言自明的现实当中，立即觉悟到自己靠不住的幸福之感，以及悠一不爱女人的事实。仿佛袭来一股寒气，她伸手把背后解开的扣子全都扣上了。因为，她觉得一切媚态都是白费。往昔的她，哪怕背后的扣子有一只解开了，当场她会意识到，准有一个男人想给她重新扣上。那个时代同她厮混的男士们，假如有人看到她如今这番谨小慎微的样子，准会怀疑自己瞧花了眼。

悠一一边从浴室走出来，一边用梳子梳头。夫人看见他那水淋淋洋溢着青春光辉的面孔，想起从前同康子一起在咖啡馆相遇时，看到的他那张被骤雨打湿的面孔。

她想从回忆里回到自由中来，她发出了奇娇的声音：

"好，快说吧。把我拉到东京来，又想让我等得心焦吗？"

悠一从头到尾说了一通，请她帮忙。她从听到的事实中判断出当前要紧的是，不管采取什么方式，都必须首先动摇这封信的可靠性。夫人立即决定明天到南家拜访，她和悠一约好，就打发他回去了。她觉得这事儿也挺有意思，本来在镝木夫人独特的性格里，天生的贵族心态和娼妓心态是极其自然结合在一起的。

第二天上午十点，南家突然来了一位不速之客，于是请她到楼上的客厅，悠一的母亲出面接待。镝木夫人说也想见见康子。只有悠一一人同客人约定临时避开，这个年轻的丈夫躲在书房里没有露头。

镝木夫人一身淡紫色的西服包裹着丰满的腰肢，显出一副威严的神态。她不住微笑着，语气沉着而又诚恳。在她未开口之前，可怜的母亲被她慑服了，战战兢兢地想："莫非又是来告诉什么新的丑闻吧。"

"对不起，我不太习惯吹电扇……"

客人既然说了，电扇就没有搬过来。来客慢悠悠摇着团扇，不时瞥一瞥康子的脸。自打去年那次舞会以来，两个女人今天是第一次坐在一起。"要是平时，我对这女子自然会产生嫉妒。"夫人想。然而，夫人咄咄逼人的心理，只能使她对于这个显得有几分憔悴的年轻而美丽的女子感到轻蔑。

于是，她开口了：

"我呀，接到了阿悠的电报。昨天晚上，他把那封匿名信原原本本都给我说了，所以今天我很快赶来了。听说信的内容还涉及了镝木……”

南太太默默低着头。康子一直转向旁边的眼睛，又转过来正面瞧着镝木夫人了。她低声而又坚决地对婆婆说：

“我想我还是避一避的好。”

婆婆不同意，她说她一个人留下来很害怕。

“难道你忘啦，夫人是说要同我们婆媳俩一起谈的呀。”

“是的，不过，要是关于那封信的话，我可不想听啊。”

“我也是这种心情，可是该听的不愿意听，往后会后悔的呀。”

女人们彬彬有礼地谈着话，都在围着一个丑恶的词儿遮遮掩掩绕圈子，真是天大的讽刺。

镝木夫人开始向她发问了：

“怎么啦？康子小姐。”

康子觉得眼下夫人正和自己比赛谁更有勇气。

“可我如今对这封信什么也不想了。”

……听到这句爽快的回答，镝木夫人咬紧了牙关。"嗬，这女子把我当对头，和我较劲儿呢。"想到这里，她的热情一下子冷却了，"看来，对于这个头脑褊狭的女子，只好省去一切说服的手续，没有必要叫她相信我是站在她丈夫这边的。"夫人忘记了自己所能起到的作用的限度，肆无忌惮地说起来。

"你一定要来听，我来告诉你们的都是好消息。当然喽，听的人有的也许会觉得是坏消息。"

"请快点儿说吧，等得令人好一阵子心焦。"

悠一的母亲催促道，康子终于没有走开。

"阿悠把我当成可以证明那封信没有任何事实根据的唯一证人，这才打电报让我来的。说出事情的真相本是件痛苦的事，但比起那封满纸谎言的不光彩的信，由我来把事实真相和盘托出，也就可以安心了不是？"——镝木夫人稍稍嗫嚅起来，接着，她忽然用异常热烈的口吻说起来，令人大吃一惊：

"我呀，和阿悠一直有关系呢。"

可怜的母亲和媳妇两个对望了一下。这个新的打击使她几乎昏了过去。她好容易缓过神来，问道：

"……那，那现在还是这样吗？打春天起您不是到京都去了吗？"

"镝木的事业失败了，而且又对我和阿悠的关系看不顺眼，硬把我拉到京都去了。其实，我经常到东京来呢。"

"和悠一……"——母亲说了一半，苦于找不到合适的词儿，好久才想到"关系好"这个暧昧的词语，"……和悠一关系好的只是您一个人吗？"

"这个，"——夫人瞅了瞅康子，"还有别的女人吧。嗨，年轻人嘛，没法子呀！"

悠一的母亲涨红了脸，她怯生生地问道：

"这些人当中没有男的吗？"

"怎么会呢。"镝木夫人笑了。她的贵族气派又显露出来了。她嘴里只顾吐着一些粗俗的话语，心里十分痛快。

"……我可知道，光是打掉阿悠孩子的女人就有两个呢。"

镝木夫人不费吹灰之力，她的告白凭直率取得了很大的效果。面对当事人的妻子和母亲，她这种拉下面皮的告白，比起哭哭啼啼赚得听者一把眼泪式的告白，显得更加合乎时宜而又真实可信。

再说，南太太心情很复杂，她怀着一团迷雾，不知所措。她的贞淑的观念在那家"下流"的店里蒙受了最初的打击，她的一颗麻木而痛苦的心，对于镝木夫人引起的异常事端，这回只能顺其自然了。

南太太琢磨着，她努力想使自己冷静下来，于是她的顽固的固定观念又抬头了。

"这个忏悔或许没有说谎，其证据就是，男人会怎样不知道，单说女人，没有谁会将自己捕风捉影的私情随便袒露出来。况且，女人为了救男人，什么事干不出来？即使像原伯爵夫人这样的女子，也会趁机跑到母亲和媳妇跟前，把她那些见不得人的事情全都抖搂出来。"

这种判断存在着明显的逻辑上的矛盾。就是说，南太太在论"男"道"女"时，早已把他们之间的艳事当作谈话的前提了。

过去的她，对于有夫之妇或有妇之夫之间的艳情总是闭起眼睛、捂着耳朵，如今只得承认镝木夫人的告白了。她怀疑自己的道德观念是否出了问题，想到这个，她感到惶恐不安了。不仅如此，为了解决问题，她只好原原本本相信镝木夫人的告白，将那封信当作废纸。但是，她又对一直倾向这种进展的心情感到恐惧，反而固执地想为那封信寻找些证据出来。

"不过，我看到照片啦，就是那家叫人一想起来就恶心的店，一个不走正路的侍者，把悠一的照片当宝贝！"

"这事我听阿悠说过。其实，他学校有个在这方面感兴趣的同学，向他讨照片，阿悠经受不住纠缠，就给了他两三张，就这样流出去了。阿悠出于好奇，还跟着那位同学到店里去过，过来搭讪的男人都叫他轰走了。所以，人家就写信打击报复呗。"

"看来也是。那悠一为何不对我这个当妈的，一五一十说清楚呢？"

"还不是怕您这个母亲吗？"

"我这个母亲真是太糊涂啦……这个不说了，我还要冒昧地问一句，镝木先生和悠一真的没有那档子事吗？"

这个问题是早已预料到的，尽管如此，镝木夫人需要的是极力保持平静。她是看到了，她看到的可不是照片！

不知不觉之间，夫人受了伤。伪证绝不可耻，但是，自从看到那一幕起，在生活里所虚构起来的一番热情，背叛了眼下促使自己努力作伪证的热情，这是痛苦的。如今的她看起来是一位英雄，然而，她本人不容许把自己当成英雄看待。

"哦，那简直是不可想象的。"

康子始终低着头，一声不响。她一言不发，使得镝木夫人很不是滋味。按理说，对事态最可能作出直接反应的应该是康子。这位夫人的证词是真是假，这并不重要，问题是，别的女人和自家丈夫这种滴水不漏的关系，究竟是怎么回事呀？

估计婆婆和夫人的对话快要结束了，康子寻找着使得这位夫人感到难堪的话题。

"我有件事不明白，阿悠的西装怎么渐渐多起来了呢？……"

"这个，"镝木夫人一句话挡了过来，"没什么奇怪，我给他做的呗。是我领他去西服店的……我呀，自己赚钱，喜欢给自己的心上人儿出点儿力气。"

"怪不得，您有工作。"

南太太睁大了眼睛。她没想这个乱花钱的女子竟然有份工作。镝木夫人干脆说个明白：

"我到京都以后，开始干贩卖进口汽车的生意，如今，我已经是个老练的中间商了。"

这才是她唯一真实的告白。最近，夫人精于商法，能将一百三十万买进的外国车以一百五十万再卖出去。

康子记挂着孩子，离开了。一直在媳妇面前虚张声势的悠一的母亲，这下子崩溃了。她闹不清眼前这个女人是敌是友，她无目的地询问着：

"我究竟该怎么办？康子比我更可怜！……"

镝木夫人冷然地说道：

"我今天是下了决心的。我想，与其你们受着那封信的威胁，不如让你们知道事情的真相，这对您对康子都有好处。我打算带阿悠出外旅行两三天。我和阿悠不可能产生真正的爱情，康子小姐用不着担心。"

这种旁若无人、快人快语的表现，令南太太很佩服。这位镝木夫人到底具有凛然难犯的气质，南太太放弃了一个母亲的特权。而且，她在夫人心中发现了较之自己更像母亲的东西。她的这种直觉是正确的。她没觉察到，在这个世界上，自己的话语显得多么滑稽。

"悠一的事，多亏您关照啦。"

康子把脸贴近睡着的溪子，连日来，荡漾在她心间的平和的音乐消失了。她像地震时一样，作为母亲她本能地用身子掩护着孩子。她只希望这种破灭、这种崩溃，不要危及溪子身上。康子失去了位置，她像一个无人居住的孤岛，四周受到波涛的侵袭。

一个比屈辱更为复杂的巨大的东西压在她头上，几乎没有什么屈辱感了。然而，令人窒息的苦闷打破了她心理的平衡，一种在信件事件之后决心不相信信的内容的平衡。听了镝木夫人毫无遮拦的证词，康子的内心深处确实起了变化，不过，她自己尚未注意到这种变化。

康子听到婆婆和客人一边说话一边下楼来。她想夫人要回去了，准备出去送行。可是夫人不是要回去，康子听婆婆吩咐着什么，于是从帘子后头看见了夫人的背影，她正在婆婆的陪伴下顺着走廊向书房走去。康子想："这个女人把我家当成自己的家，走来走去的。"

婆婆一个人从书斋折回来，坐到康子身边。她的脸色并不显得苍白，反而因兴奋变得红润润的。

门外阳光酷烈，室内一片昏暗。

过一会儿，婆婆开口了：

"这个女人为什么要来说这些呢？光凭摆阔气和酒后吐真言，也不至于这样啊！"

"还不是喜欢阿悠嘛。"

"看来只能是这样。"

这时，作为母亲，对媳妇的考虑撂在了一边，她感到了一种安心和自豪。是相信那封信还是相信夫人的证词，在这个阶段，如今的她毫不犹豫地选择了后者。英俊的儿子讨得女人的欢心，从她的道德观看来，是件好事。就是说，她获得了一种快慰。

康子发觉疼爱自己的婆婆也站到了另外的世界，看来只有自己维护自己了。然而，根据历来的经验，她知道除了一切顺乎自然之外，再没有别的避免苦恼的好办法了。她处在这般悲惨的位置上，像一只小动物一动不动。

"一切都完啦！"

婆婆破罐子破摔地说。

"妈妈，还不能说都完了呀！"

康子这话，实际上说得很激烈，可是婆婆权当是安慰自己，她含着眼泪说了些客套话：

"难为你了，康子。有你这样的好媳妇，我是多么幸福啊！"

……书房里只剩下两个人了，镝木夫人就像走进一座森林的人常做的那样，用鼻孔深深饱吮着屋里的空气。她觉得这里的空气比任何森林里的空气都要清新、爽适。

"真是一间好书房呀！"

"这是先父的书房。我只要待在家里，总是把自己关在这里，尽情呼吸。"

"我也是一样啊。"

这自然的应和，悠一十分明白。这位夫人风风火火闯入别人家庭，抛掉一切礼节、体面、顾虑和羞耻，对己对人用尽一切残酷手段，一心为着悠一，敢于使出超人的力量呼风唤雨一番，如今，她可以松口气了。

窗户敞开着，桌子上摆满了老式的台灯、墨水瓶、一摞字典，还有镶着夏季花朵的慕尼黑酒杯等，面对着这样一幅幽暗的铜版画般的细致的前景，展现着一片残暑熏蒸下的广阔的街景。那些建筑在废墟上的许多新式房屋，反而给人一种荒凉的感觉。都电顺着电车道从坡上开过来，云彩打头顶掠过，前后线路、那些尚未盖房子的火灾留下的基石，还有垃圾场上的碎玻璃，一起闪射着刺眼的光芒。

"已经没问题啦。你母亲和康子再不会特意去那家店调查了。"

"看来是没问题了。"青年满怀信心地说，"不会再来信了，妈妈没有勇气再到那家店里去了，康子即使有勇气，她也决不会再去。"

"你累了，该找个地方稍微养养身子。我没同你商量，就对你母亲说了，打算带你去玩上两三天。"

悠一惊讶地微笑了。

"今晚就可以出发。火车票我来托人买……回头就去打电话。你在车站等我好了。我回京都顺便去一下志摩，旅馆的房间已经订好了。"

夫人紧紧审视着悠一的表情。

"……不必担心呀，我一切都明白，我打一开始就没有为难过你。我们之间不是什么也没发生吗？只管放心吧。"

夫人再次察看悠一的意向，悠一答应去。事实上，他也想从这种失败的结局里逃出两三天来，再没有比夫人更体贴更安全的旅伴了。青年的眼睛里闪现着感谢的神情，夫人怕他这样，连忙摆摆手。

"这点儿小事，不要对我感恩，这可不像你。说实话，旅行期间，你就把我当作一股空气对待好了，否则我会不高兴的。"

夫人回去了，母亲出外送行，然后跟着悠一又回到书房里。刚才瞧着康子的时候，她明白了自己应该做些什么。

母亲反手用力关紧了书房的门。

"听说你和那位夫人去旅行？"

"是的。"

"这可不成呀，康子好可怜啊！"

"那么，为何康子自己不出面阻止呢？"

"你还是个小孩子！你只要对康子说定一起去旅行，康子还会一时没了主意吗？"

"我想离开东京几天。"

"那就和康子一块儿去好了。"

"和康子在一起，我不能很好休息。"

可怜的母亲叫了起来：

"稍稍为孩子着想一下吧。"

悠一低着眉，不吭一声。最后母亲说道：

"也该稍稍为我考虑一下呀。"

这种自私性，使得悠一想起匿名信事件发生后，一点也不体谅自己的母亲。这位孝顺的儿子一阵沉默之后，说道：

"我，还是要去的，这件怪事麻烦了人家，要是辜负了人家的好意，总是不合适吧？"

"你这是想给人家当男妾！"

"不错，正如她所说的，我就是她的男妾。"

悠一对着仿佛距离自己千里之遥的母亲，得意扬扬地说。

第三十章 勇敢的恋爱

　　夫人和悠一乘坐的是晚上十一点发出的夜班车，这时候，暑气已经消去了大半。出发去旅行有着一种奇妙的感情，不要说留在身后的土地，甚至从连续拖曳的时间里，人们都能获得自由的快感。

　　悠一没有后悔。奇怪的是，这样做正是出于他对康子的爱。这种爱被表现的苦涩歪曲了形式，出于此种观点，青年为出外旅行所干下的种种无理的事情，一概可以看成是向康子饯别。这期间，他那一番认真的内心活动，甚至连伪善也不害怕了。他想起自己对母亲说的一席话："反正我是爱康子的，只要证明我也喜欢女人就够啦！"——这么说，有充分理由可以认为，他不是为了救自己，而是为了救康子才麻烦镝木夫人的。

　　镝木夫人不知道悠一这种新的心理活动。她只是以为这个青年很美，充满青春的魅力，而且绝不爱女人。能够拯救这个青年的，只有她了。

　　东京车站深夜里的站台退到了远方，夫人轻轻吐了口气。只要稍微显露一点爱的表示，悠一一定会失去好容易获得的安然的情绪。列车震动着，两人裸露的臂膀时时靠在一起，每次都是她若无其事地缩回手臂。即便从微微的震颤里，悠一也能感受到夫人的爱意，她害怕这样下去，其结果只会使悠一感到无聊。

　　"镝木先生怎么样了？倒是经常接到他的来信哩。"

　　"如今，我们还是结发夫妻，要说过去是这样，那倒也是。"

　　"他对那种事儿还是那样吗？"

　　"最近我全都清楚了，他干脆表现出一副喜不自胜的样子。我们一起逛大街，他经常捅捅我，说：'看那孩子长得多帅！'那肯定都是男孩子。"

　　看到悠一默默不响，片刻，夫人问道：

"这类事你不愿听，对吗？"

"嗯。"青年也不瞧一眼女人的脸，"我不想从您嘴里听到这样的话题。"

敏感的夫人一下子看穿了这位随心所欲的青年眼里，隐藏着天真的梦想。这是她的一个重要发现，意味着悠一依然想从夫人那里寻求某些"幻影"。"我必须佯装不知，要在他的眼睛里，永远留下一个没有任何危险的情人的影像。"夫人多少带着几分满足的心情下了决心。

两个人疲惫不堪，不久都睡了。早晨，在龟山换乘开往鸟羽的列车，再从鸟羽乘坐志摩线，不用一小时就抵达贤岛。这里是终点站，一座短桥将这个岛和本土连接起来。空气清新无比，两位游客在这个生疏的车站一下车，就嗅到了越过英虞湾众多海岛吹过来的潮风的气息。

到了位于贤岛山顶的旅馆，夫人只订了一个房间。她并非有什么期望，夫人对自己置于困难的爱的境地感到迷惘。如果这也叫爱，那么这种真正的前所未闻的爱，没有作为典型写入任何戏剧和小说之中。一切都得由自己决定，自己试验。她想，假若和自己心爱的男人睡在一间屋子里，没有任何欲求，一觉到天亮，通过这种严峻的考验，就会给柔情似水的爱以固定的形式，使之百炼成钢。悠一被人领进房间，看到两张并排的床铺，一时有些困惑，但立即羞愧起来，觉得自己不该对夫人有半点儿疑虑。

这天天气响晴，空气爽净，也不十分炎热。平素，旅馆以长住客为主。午饭后，他俩到志摩半岛御座岬近旁的白浜游泳。到白浜，须从旅馆后面乘大型摩托艇沿英虞湾海岸到达那里。

夫人和悠一换上泳装，外面套着一件轻衫，走出旅馆。自然的宁静包裹着他们俩。四面的景色，看上去与其说岛屿浮在水上，不如说众多海岛挨在了一起，海岸线极为曲折，所以，海水无孔不入，剥蚀着陆地。而且，景物异常宁静，仿佛使人感到置身于保留着广大丘陵的洪水的中央。自东到西，手指所向之处，甚至看到的出乎意料的山峡一带，到处都有金光闪烁的海水。

上午游泳归来的客人很多，下午乘同一艘游艇去白浜，除悠一他们之外，仅有四五个人。其中三人是带着孩子的年轻夫妇，还有一对美国中年夫妇。深深浸入陆地的沉静的海面，到处漂浮着珍珠筏，这是将养殖用的母贝笼子吊入海里的筏子，游艇就从这些珍珠筏的夹缝里穿过。节令已至晚夏，这一带看不到海女的身影。

船尾的甲板上摆上两张折叠椅，两人坐在椅子上，悠一第一次看见夫人裸露的身子，他被吸引住了。她的肉体优雅与丰满兼而有之，所有的部位都包裹在强韧的曲线中。那秀美的双腿使人想到，大凡从孩童时代起就习惯坐椅子的人都是如此。最惹眼的是从肩头到臂膀的线条。丝毫不见衰老的皮肤映射着阳光，夫人一点儿也不怕太阳晒黑皮肤，对着炎阳，她没有任何保护肌体的意识。海风吹拂着她的头发，自飘动着发丝的双肩到手臂，那浑圆的线条，看起来就像古罗马贵族妇女宽袍大袖里露出的素腕。屏弃那种必须抱有欲望的固定观念，免除作茧自缚的义务感，悠一这才深刻懂得这尊肉体的美丽。只用一件雪白泳装遮蔽胴体的镝木夫人，脱去身上的外褂，迎着耀眼的太阳，眺望着应接不暇的众多的海岛。岛屿流到他们面前，又逐渐闪现过去。悠一想到，无数的珍珠筏垂挂在浓绿海水中的笼子里，在晚夏的阳光底下，一定有一些珍珠开始成熟了吧？

英虞湾这一个海湾，又像枝干一般铺展开好几个小海湾，游艇从其中一个海湾驶出来，转了几道弯，依然航行在看似被陆地包围的海面上。周围海岛上，采珠者家家户户的屋脊遥遥在望，岛上的绿色因而起着指点迷津的作用。

"那是文殊兰！"船上一人喊道。

他看到一座海岛上点缀着白色花朵的村落，镝木夫人越过青年的肩头，朝着那些花期已过的文殊兰的花朵望去。

她从前不爱自然，只有体温、脉搏、血与肉，还有人体的气味使这位夫人着迷。然而，眼前明媚的风光攫住了她一颗勇猛的心。若问为什么，因为自然拒绝了她。

　　傍晚，他俩洗罢海水浴回来，吃晚饭前，先到旅馆西侧的酒吧饮饭前酒。悠一要了一杯马提尼，夫人吩咐侍者做调和酒，侍者遂将绿色苦酒掺进法国艾酒和意大利艾酒混合摇动，制成一杯鸡尾酒。

　　两人被遍照每条海湾的晚霞惨丽的景色惊呆了。桌子上放着橙黄色和焦褐色的两种酒，经霞光一照，变成了血红色。

　　窗户大敞着，没有一丝风，伊势志摩黄昏时节风平浪静的海面远近闻名。毛织物一般沉沉下垂的燃烧的大气，无法妨碍身心愉快的青年健康的休息。游水和入浴后浑身的爽净、复苏的快意、身边尽知一切又原谅一切的美女、适度的酩酊……如此的恩宠简直没有一点儿瑕疵，甚至会让身旁的人陷入不幸。

　　"究竟这个人有没有'体验'过呀？"——丝毫不留记忆的丑恶，眼下，夫人瞧着青年澄澈的眸子，不得不作如是想，"这个人每一个瞬间，每一个空间，永远都是洁净无垢地挺身而立。"

　　如今，镝木夫人对于一直以来包裹着悠一的恩宠了然于心。他陷入恩宠的方式，正如坠进陷阱的人一样。"应该使他心情愉快。"夫人想。否则就像从前一样，只不过是背负着不幸重压的一次重逢罢了。

此次进京，紧接着来志摩旅行，夫人坚定放弃自我的决心表现很勇敢，不是简单的抑制，也不是克己。她只是停驻于悠一常住的观念之中，只相信悠一所看到的世界。她警觉地提防着自己的希望不能丝毫歪曲这种观念。她要经受长期的艰苦的磨炼，以使自我辱没希望和自我辱没绝望达于同一种意义为止。

尽管如此，久别重逢的两个人有着说不完的话题。夫人说了最近参加祇园祭的事，悠一讲了和桧俊辅一起提心吊胆乘坐河田游艇的经过。

"这次匿名信事件，桧先生知道吗？"

"不知道，怎么啦？"

"可是，你不是做任何事都要同他商量的吗？"

"不过，这种事情不便对他说明。"——对于那件依旧保留的秘密，悠一有些神情黯然，他继续说道："关于那件事，桧先生一无所知。"

"不是吗，那老头子，打很早起，就特别喜欢女人。可奇怪的是，到头来还是叫女人一个个逃走了。”

太阳下山了，微风乍起。日落后，海面水光潋滟，一直到远处的连绵群山，依然保持一片明净。大海无处不在，接近岛屿岸边的海面，影像幽深，橄榄色的海景映着残照，和明灭闪烁的水面形成对比。两人离开那儿去用晚餐。

在这家远离人群的旅馆，吃过晚饭就无事可做了。两个人听听唱片、翻翻摄影画报什么的，或者仔细阅读飞机公司和别的旅馆的说明书。纵然无事可做，但眼前有个一直不想睡觉的大孩子，为了照顾他，镝木夫人只得担当起一个保姆的责任。

夫人发现，过去那些看起来像是胜利者的倨傲的事情，不过都是小孩子的心血来潮罢了。这一发现既不令人可厌，也不使人扫兴。现在，悠一一个人自得其乐地熬夜，他的沉着冷静以及无所事事时的一种独特的快乐，尽皆因为他时时意识到身旁有个夫人存在。对此，夫人自己也心知肚明。

……悠一终于打起哈欠来了。他很不情愿地说：

"好吧，该睡觉了。"

"我困得睁不开眼啦。"

——可是，直喊困的夫人，走进卧房之后又开始说个不停。她一旦开口，连自己也无法控制了。他们各自将头枕在枕头上，熄灭中间床头柜上的台灯之后，夫人依然兴致勃勃，继续热烈地唠叨着。话题很天真，都是些既不属于毒药，也不属于补品的事情。悠一在黑暗里应和着，声音越来越小，不一会儿就不吭声了，代之而起的是稳健的鼻息。夫人也突然沉默了下来，半小时之后，她听到了青年有规律的纯洁的鼾声。她的眼睛越发清明，再也睡不着了。她打开台灯，拿起小桌上的一本书。她被他翻身时床铺发出的尖利响声吓了一跳，看了看相邻的那张床。

其实，镝木夫人一直在等待。她等得疲倦了，等得绝望了。打从那次使她怪讶的窥见以来，她深有所悟，等待已成为不可能，但她还是像磁针永远指着北方一样继续等待下去。然而，悠一在这个世界上找到了唯一使他放心、可以和他共诉衷肠的女人，他对她无上的信赖，他是那般快活，眼下，他平躺着疲倦的身子睡着了。他翻了个身，光着上半身躺着，此时，他耐不住暑热，撩开了胸上的毛毯。枕头边浑圆的灯光照着那深深印着睫毛阴影的俊逸的睡脸，照着那一起一伏的宽阔而健美的胸膛，如同照耀着古代金币上的浮雕胸像。

镝木夫人重新调整自己的梦想，准确点儿说，是从梦想的主体转向梦想的对象。这种梦想中微妙的移位，在梦中由一把椅子换坐到另一把椅子上，这种细微的无意识的态度的变化，使得夫人对等待彻底断念了。犹如蛇借着细流搭桥过河一般，她将穿着睡衣的身子当作桥梁伸向旁边的床。她用手掌和胳膊支撑着身体，战栗起来。她的嘴唇就在沉睡的青年面孔的前边。镝木夫人闭上眼睛，她的芳唇在细细窥探。

恩底弥翁睡得很甜蜜。青年挡住照在脸上的灯光，根本不知道自己处在一个多么燠热难熬的夜晚之中。女人的香发拨弄着他的面颊，他也毫不知晓，只是翕动着无可形容的优雅的嘴唇，时时显露着洁白而莹润的牙齿。

镝木夫人睁开眼睛，嘴唇尚未触及。此时，那种勇敢的自我放弃的决心使她猛醒："要是嘴唇接触了，最终必将致使一种东西振翅而飞，永不回头。为了保守自己和这位青年之间永远没有终场的音乐，绝不可动他一根指头。昼夜都要屏住呼吸，千万注意，不能吹走两人之间一粒尘埃。"……女人又从不该有的姿势里回过神来，睡到自己的床上，脸庞紧贴着热烘烘的枕头，全神贯注凝望着那金色的圆形浮雕。熄灯了，浮雕依然浮泛着幻象。夫人转向墙壁，拂晓时分，她睡着了。

这场考验奏效了。第二天，夫人心如明镜地醒过来了。她那盯着悠一睡脸的眼睛里，含有一种崭新而坚强的力量。她的感情经受了提炼。她用洁白的枕头戏弄地撞撞悠一的脸颊。

"快起来吧，今天是个好天气，多可惜呀！"

——比起前一天，这晚夏的一日更使人感到神清气爽，大大催发着行乐者怡悦的旅思。吃过早点，他俩带上饮料、盒饭，包了辆车，打算先到志摩半岛尖端游玩，午后从昨日游泳的白浜乘船返回旅馆。他们从旅馆附近的鹈方村出发，穿过灼热红土地上点缀着小松树、棕榈和鬼百合的原野，到达波切港。耸立着巨大松树的大王崎，风景秀丽。两人裹在潮风里，他们看到大海各处正在干活的海女，她们身上的白衣如雪浪起伏。他们看到北方岬上像一支粉笔直立着的安乘灯塔，以及老崎一带海女在各处海边燃起的篝火。

导游老婆子，将光滑的茶花树叶切碎卷烟抽。和她年纪相配的油污的手指，哆哆嗦嗦指点着远方烟霭萦绕的国崎尖端，据说那里过去是持统天皇偕众多女官坐船游玩的地方，七天里还建造了一座行宫。

——这些或新或旧旅行中无用知识的堆积，弄得他们很是疲劳，回到旅馆，悠一离出发时刻还只剩一个多小时。由于今晚回京都还没有联系妥帖，夫人一个人留下，明日一早动身。傍晚，海上一片宁静，青年这时走出了旅馆。夫人送到旅馆附近的电车站。电车来了。两人握手。握过手，夫人旋即离开，走到车站外面的栅栏旁边目送着他。她满心快活，干得很出色，似乎什么感情也没有，只是久久挥着手。其间，血红的夕阳照耀着夫人半边脸庞。

电车开动了。夹在生意人和渔民的乘客里，他成了孤家寡人。于是，悠一对这位夫人高贵而恬淡的友情，心中充满感谢之意。这种感谢逐渐高扬起来，不由得对以这位完美的女人为妻的镝木产生了嫉妒。

第三十一章　精神及金钱诸问题

悠一回到东京，碰到一件麻烦事。在他短期外出期间，母亲的肾病恶化了。

不知对谁以何种方式发出抗议的南太太，半是为了责备自己才病成这个样子的。本来身体好好的，她忽然感到眩晕，很快就昏过去了。接着就不停地有稀薄的尿流出来，无疑是肾萎缩的症状。

早上七点回家时，一看来开门的阿清的脸色，悠一就立即明白母亲病重。推开屋门，浓烈的重病患者的气味扑鼻而来。旅行的欢乐一下子冻结在心头。

康子还没有起床，她看护婆婆到深更半夜，太疲劳了。阿清去烧洗澡水。无事可做的悠一，上了二楼他们夫妻的房间。

为了使凉风进来，整夜打开着高窗。朝阳从高窗射进来，照亮了蚊帐的一角。悠一的床位铺着，被子摆得整整齐齐。旁边的床上，康子搂着溪子睡得正香。年轻的丈夫撩起蚊帐钻进去，悄悄趴在自己的床铺上。婴儿醒了，在母亲的臂弯里，睁大眼睛，一动不动盯着父亲。传来浓浓的奶味儿。

婴儿忽然笑了。嘴边的微笑像小水滴一点点滴落下来。悠一用指头轻轻按着婴儿的小脸儿。溪子依旧目不转睛地朝他微笑。

康子气闷般地翻过半个身子，她醒了，睁开眼意外地看到眼前丈夫的面颜。康子没有一丝笑意。

康子双眼蒙眬的数秒之间，悠一的记忆迅速翻动起来。他想起多次注视过的妻子的睡脸，此外，想起了他所幻想的一切都完好无损、心满意足的睡脸。他还想起有一次深夜探访病房时，自己看到的充满惊愕、欢喜和信赖的面颜。抛下痛苦中的妻子出外旅行回来，悠一并不奢望从妻子醒来的眼睛里得到什么。然而，他那习惯于被饶恕的一颗心却在渴望着什么，一种习惯于被信赖的无辜在梦想着什么。他的瞬间的

感情，其实是一种几乎没有任何祈求，而且除了祈求
再无其他办法可想的乞儿的感情……康子醒过来了。
她从沉睡里睁开苦涩的眼皮。悠一于此发现一个从未
见到过的康子。这是另外一个女人。

　　康子用迷迷糊糊、单调却很有条理的口气说着
话。"几时回来的？早饭还没吃吧？妈妈身体很不
好啊。您都听阿清说了？"她说话就像念账本一样。
她还说，马上去准备早饭，叫悠一到楼下阳台候一
会儿。

　　康子理一理头发，很快换衣服，抱着溪子下楼。
她没把婴儿交给丈夫，而是放到丈夫看报的阳台前面
一间屋子里。

　　早晨还不太热。悠一将自己的不安归咎于暑热
难眠的夜班火车。

　　"我已经彻底明白，所谓不幸的准确速度和真正
的节拍何时降临，像时钟一样不差分秒。"想到这里，
青年咂咂舌头，"嘿，睡眠不足的早晨，早已知道！
说千说万，都是因为一个镝木夫人！"

……从极度的疲劳里醒来，发现了眼前的丈夫。对于自己的变化感到吃惊的不是别人，正是康子自己。

即使闭着眼，也能细致描画出自己苦恼的肖像，睁开眼随时都能看到自己的肖像，这已经成了康子的习惯。这幅肖像完美，甚至壮丽。但是，今早睁开眼来的她，看到的不是肖像，而是一张青年的脸。朝阳的光辉透过一角蚊帐，为这张脸孔添上轮廓线，只给她留下雕像般的物质的印象。

康子的手打开咖啡罐，向白瓷的咖啡壶倒开水。手毫无感觉地灵敏地运动着，手指也丝毫不见"悲哀的颤抖"。

不一会儿，康子把早饭盛在一只镀银的大盘子里，端到悠一面前。

这顿早饭，悠一吃得很香。庭院里依然晃动着浓丽的晨景，阳台涂着白漆的栏杆光闪闪的，那是映入眼帘的晚夏的露水。年轻的夫妇两口子一块儿吃早饭。溪子乖乖地睡着。病卧的母亲还没有醒。

"医生说，妈妈最好今天就住院。我打算等你回来就办理住院手续。"

"就这么办吧。"

年轻的丈夫回头看着院子，对着栎树梢头闪烁的朝阳眨了眨眼睛。第三者的不幸，此时不是旁人，正是自己母亲的重病，拉近了夫妻的两颗心，如今眼看着康子的心就要归属自己所有了。刹那间，悠一陶醉于这种幻想之中，呈现出一般做丈夫的媚态来。

"就我们俩一起吃早饭，倒是很好啊。"

"可不是嘛。"

康子微笑了。微笑里含着严冷的漠不关心。悠一很是尴尬，面颊羞愧地发红了。不久，这位不幸的青年说出了下面一段台词。他的话很可能被一眼看穿是充满戏剧性的轻薄的自白，但同时也是他出生以来对女人说出的最深情、最诚实的自白。

"旅行途中，我想念的只有你一人。这段时期，通过各种各样的事情，我切实感到，我最喜欢的依然是你。"

康子镇定自若。她轻轻一笑，一副无所谓的神色。悠一的话仿佛是另一个星球上的语言，康子似乎隔着厚厚的玻璃墙，只是眼望着悠一的嘴唇在翕动。总之，他们已经言语不通了。

……况且，康子神态自若，她已在生活中稳住了自己，专心致志养育溪子，直到老丑都不离开悠一的家。这种绝处逢生的贞淑，具有任何不伦行为都无法战胜的力量。

康子舍弃绝望的世界，从那里走出来。她住在那个世界的时候，她的爱没有向任何事实屈服。悠一冷淡的表现，他的无理的拒绝，他的迟迟不归，他的外宿，他的秘密，他绝不爱女人，在这些确定无疑的事实面前，一封告密信又算得什么呢？康子不为所动。因为她曾经住在那个世界。

她之所以走出那个世界，也不是出于自己的意愿，准确地说，她是被拖出那个世界的。作为丈夫，过分热情的悠一，特地借助镝木夫人的力量，将妻子从居住的灼热而宁静的爱之乡，从无一不是透明而自在的领地，拖进了混杂的相对的爱的世界。康子被相对的世界围困了。对于她来说，周围是一堵过去早已熟知的、亲近的、那种讨厌的不可能存在的墙壁。处于此境，方法只有一条，使自己没有任何感觉，视而不见，充耳不闻。

康子在悠一旅行期间，学会了住在新世界的处世术。即使对于自己，她也决然成了一个没有爱的女人。这位精神上变成聋哑人的妻子，乍看起来相当健全，胸前束着时髦的黄格子围裙，伺候丈夫吃早餐。"再来一杯咖啡吧。"她说起话来很轻松。

铃声响了。病室里母亲枕边放着一只银铃。

"好像醒了。"康子说。两人来到病室，康子打开挡雨窗。"哎呀，你回来啦？"南太太问，她没有从枕上抬头。悠一从母亲脸上看到了死，浮肿压抑着那张面孔。

*

这年九月上旬，也没有刮什么大的台风，当然也有几次台风来，但都从东京外围滑过，没有造成风灾和洪灾。

河田弥一郎极其繁忙。上午去银行。下午开会。董事们聚集在一起商谈如何打入对手公司的销售网。其间，还要和电装公司等承包商谈判，会见访日的法国汽车公司经理，就专利权转让和利率为条件的技术合作进行交涉。夜里，招待银行方面逛红灯区。不仅如此，根据劳动科科长时时得来的情报，由于公司方面的瓦解政策很不得力，工会方面乘机扩大争议，发展势力。

河田右边面颊的痉挛越来越厉害。这位仪表严谨的汉子，唯一抒情的弱点威胁着他。决不低头的德意志傲岸的面庞、端正的鼻子、鼻下明净的沟线、无边眼镜，掩盖在这些道具下面的河田抒情的心在流血，在呻吟。晚上就寝之前，他在床上总要阅读荷尔德林青年时代的诗集一页，就像偷看黄色书籍一般，悄悄朗诵："我们的最爱永远都不存在，我们仅仅将幻影当作我们的最爱。"这是题为《致大自然》的最后一节。"他是自由的，"这个富裕的单身汉在床铺上呻吟，"仅仅因为我年轻英俊，他就有权向我吐唾沫。"

　　一个上了年纪的男色家之爱难以忍耐的那种双重嫉妒，令河田孤身难眠。男人对浪荡女人怀有的嫉妒，半老徐娘对妙龄女子怀有的嫉妒，这两者互相交错，再加上所爱者均为同性的奇妙意识，把对于女子、大臣、宰相也甘心忍受的屈辱，扩大成为不可容忍的了。对于河田这样的人物来说，没有什么比男人之间的爱的屈辱，更使他的自尊心受伤的了。

　　河田想起年轻时在纽约华尔道夫酒店的酒吧，曾被往昔一位豪商所诱惑，想起在柏林一家夜总会遇到一个熟悉的绅士，一起乘坐他的希斯巴诺－苏莎车到郊外别墅过夜，两个穿燕尾服的男子，不顾车头照进来的灯光，彼此拥抱在一起。他们散发着香水味的乌黑的胸膛相互触磨。面临世界性危机的欧洲最后的繁荣，贵妇人和黑人、大使和流氓、国王和美国武打演员等，两两同床共寝的时代……河田还想起那些挺着水鸟般雪白而光亮的前胸的马赛少年水手，想起在罗马的维亚·维奈特咖啡馆邂逅的美少年，还想起阿尔及利亚的阿拉伯少年阿尔弗雷德·吉米尔·姆萨·扎鲁扎尔。

但是，悠一凌驾于所有这些记忆之上！有时，河田挤出时间会见悠一，河田邀他看电影，他说不想看电影。悠一有时候会一反寻常，一时心血来潮，走着走着突然闯进台球店。河田不打台球。悠一在球台旁边转上三个小时，繁忙的企业家就只好坐在褪色的粉红窗帘下，耐着性子等着自己所爱的人玩到尽兴。河田额头暴出青筋，面颊抖动，心里大喊：

"让我坐在台球店的破椅子上傻等，我可从来没有等过谁啊！我这个人，可以叫客人等上一星期，毫不含糊！"

这世界上的毁灭是各种各样的，河田所预料的是被旁观者看作极尽豪奢的毁灭。

年过半百的河田所祈求的幸福，就是蔑视生活。乍一看，这是最为廉价的幸福，世上过五十岁的男人，都是无意识地工作着，但男色家决不当工作的奴隶，他们的生活具有强烈的反抗性，一有缝隙，这种感性的世界就会泛滥，寻机淹没男性事业的世界。他认为，王尔德的那句著名的大话，只不过是为失败而感到可惜罢了。

"我把自己的天才全部投入生活，而作品之中只用了自己的才能。"

王尔德不得不这样说。大凡有为的男色家，谁都认为自己心里有某种男性意识，迷恋于此，固守于此。然而，河田所确认的男性的美德，是祖传的十九世纪的勤勉。好一个奇妙的作茧自缚！往昔尚武时代，爱女子被视作娘娘腔行为，即便对于河田来说，背叛自己男性美德的热情，也属于娘娘腔行为。武士和男色家最丑的恶行就是这种小女子气。涵义尽管各色各样，对于武士和男色家，"男性"并非本能的存在，而只能是道德修养的结果。河田担心的毁灭，就是他的道德的毁灭。河田是保守政党的支持者，按理说，这个政党拥护基于既定秩序和异性爱的家族制度，本该是河田的敌对者。但河田支持它，实在也是合乎情理的。

年轻时轻视的德意志一元论、德意志绝对主义，出乎意料地深深侵犯了上了岁数的河田，一种突然冒出来的青年人常有的想法，因某种缘故倏忽走向二律背反。他时常爱考虑的是，要么蔑视生活，要么干脆毁灭。他感到，如果不停止对悠一的爱，就无法使自己的"男性"得以恢复。

悠一的影子在他所有的生活领域里摇曳，如同一不小心直视了太阳，视线所移随处都有太阳的影像。河田在悠一不可能进来的经理室，从开门的响声、电话铃声里，还有从汽车窗户里瞥见的街上年轻人的面孔上，都能感受到悠一的影子。这种影像不过是一种虚像，当他脑里浮现出想和悠一分手的一闪念时，这种空虚越发强烈了。

河田实际上是把他宿命论的空虚和心情的空虚大半混同起来了。他决心分手是基于这样的选择：比起总有一天发现自己心中因热情衰微而感到恐怖，还不如运用残酷手段将热情扼杀为好。在缙绅和名妓排排而坐的晚宴上，连年轻的悠一都感到压力的多数决定原理，摧垮了具有充分抵抗力的河田的傲岸心理。他的那些一系列洒脱的猥亵的言谈，虽然在宴席上一致叫好，但这类长年言不由衷的技艺，如今使得河田自己都感到十分厌恶，这时候，他郁郁寡欢的态度，弄得公司负责张罗宴会的人胆战心寒。他甚至想，要是这样，经理不出面反而会使宴请获得更大实效。但河田还是讲究礼仪，该他出面的一定出面。

河田处于此种心态时，某天晚上，悠一突然出现在河田家里。正巧碰到河田在家，分手的决心被这突如其来的喜悦打消，河田的眼睛对着悠一的脸孔看也看不够。这双眼睛时常为疯狂的想象力所警醒，如今却为同一种东西所迷醉。神秘的美青年！河田为眼前的神秘而陶醉。照悠一的想法，今夜的来访虽说是一时心血来潮，但这样做实在不像他这个疏于玩弄神秘的人干的。

夜还很浅，河田拉美青年到外面喝酒。这是个不太喧闹的酒吧，自然不属于他们那个道上的，他们去的是有女人的酒吧。

这里，正好遇到四五个同河田相熟的人来喝酒，他们是著名制药公司的经理和董事。经理松村，轻轻眨眨一只眼睛，笑着对坐下来的他们两人扬扬手。

这位年轻的第二代经理松村不过三十岁，风流倜傥，远近闻名。他踌躇满志，而且是个同类。他为自己的恶行感到自豪。凡是在他的力量控制范围内的人，都要强迫崇尚异端，即便不如此，至少也要使他们容许异端存在，这就是松村的志趣。松村有个循规蹈矩的老秘书，勤勤恳恳，极力要使自己相信同性恋是至高无上的，他认为这个愿望总有一天会实现，但现在，却将自己缺乏这种高尚的素质托故于自己的卑贱。

颇具讽刺意味的是，当对这类事十分谨慎的河田，领着美青年一出面，对方公司的同僚们公然一边望着他们，一边吃喝。

过了一会儿，河田去洗手间，这时松村不动声色地离开自己座位坐到河田的椅子上，当着悠一左边女招待的面，装作谈公事，豁达地说道：

"哎，南君，我有件事想找你帮忙，明晚一同吃顿饭怎么样？"

他一本正经地瞧着悠一，一字一句，像走棋子似的郑重地说。悠一不假思索地答应了。

"你务必来啊。这样吧，明天下午五点，我在帝国饭店酒吧等你。"

喧闹的世界，一些机巧的作为自然实行，瞬息结束。当河田回到座位时，松村已经谈笑自若了。

可是，河田灵敏的嗅觉似乎闻到了急急踩灭的烟头的香味，他故意装作不知道。这种忍耐实在太痛苦了，如果硬要坚持下去，未免会坏了心情。河田害怕对方觉察，又怕自己受不住而说出不高兴的缘由，所以催促悠一特意向松村热情地打了招呼，火速离开了酒吧。河田来到车子旁边，说还要去附近另外一家酒吧，叫司机等着，然后到下一个酒吧去了。

这时候，悠一讲清了事情的原委。美青年走在凹凸不平的马路上，两手插在鱼白色法兰绒裤兜里，低着头边走边说：

"刚才松村先生叫我明天五点钟到帝国饭店一起吃饭。我没办法，就答应他了。真烦人！"——他轻轻咂了咂舌头，"本想马上告诉您的，可在酒吧里不太方便。"

河田听到这话无比高兴。他这个沉溺于世上谦虚的欣喜之中的实业家，深深地道了谢。"松村这样说了，现在你又告诉我了。对于我来说，最要紧的问题是，这段间隔的长短。酒吧里当然不好说，可你在最短时间里对我说了。"这话既是大道理上的甜言蜜语，也是肺腑之言。

在下一个酒吧里，河田和悠一好像在商量工作似的仔细研究明天的对策。松村和悠一之间没有任何工作上的瓜葛，而且松村很久就迷上了悠一。那么，这次请客包含着什么用意，还不是一目了然吗？

"这回我们可是同谋啊！"河田在心里体味着这番难以置信的喜悦，"悠一和我是同谋，两条心就这样迅速贴在一块儿了！"

因为跟前有女招待，河田像在经理室一样，用平时上班的语气吩咐道：

"你的心情我明白了，我知道你懒得打电话拒绝他。这样吧（河田在公司里，只说'给我这样干！'，绝不说'这样吧'。）……松村是一国一城之主，不可稍有怠慢。你即便不想去，可已经答应了……你就去赴约吧，去吃喝一顿吧。然后你就说，受到款待，下回该我陪您喝酒了，松村就会放心地来赴宴。接着，我假装在酒吧偶然碰见你们。这样安排怎么样？我七点钟在那里候着。我常去的地方，松村有戒备，不会来。我从未到过的酒吧，偶然在那里见面，又太不自然了。一切都要做得自然些才行……对啦，我们一起去过四五次的吉莱姆酒吧怎么样？就选那里吧。要是松村有戒备不肯下决心，你可以撒个谎，就说你和河田从未去过那里……这主意怎么样？这样做，三方面都皆大欢喜。"

悠一同意这样办。河田考虑，明天一早就得向公司说明晚上有个工作上的约会。他们俩适当地喝了点儿酒，紧接着是一夜欢乐无涯。河田一时怀疑自己是否真想同这位青年分手。

第二天下午五点，松村在帝国饭店西式小餐馆酒吧等悠一。这个人心里怀着所有肉体上的期待，骄矜自负，信心十足，虽然身为经理，却一心想当情夫。他轻轻摇晃着被手掌焐热的酒杯里的干邑白兰地。约会的时间已经过五分钟了，这时，他细细品味着等待的快乐。酒吧里几乎都是外国人，咽喉管里讲着没完没了的英语，听起来像低低的狗吠。松村看到过了五分钟悠一没有到，接着就和前一个五分钟一样，试图品味下一个五分钟，然而下一个五分钟已经变质了。这可以说，就像手心里的金鱼那样，是活蹦乱跳、不容疏忽的五分钟。他想悠一大概到门口了，正在犹豫进还是不进去，周围到处可以感到他的存在。这五分钟一过去，此种感觉破灭了，另外一种新鲜的不在的感觉闯了进来。已经过五点十五分了，他还想努力等待下去。松村的心好几次产生了一种换气的作用。但是，这样的重复过去二十分钟后，突然停滞，他被不安和绝望击倒，期望为何如此之大？这回只得忙于修正造成这次痛苦的这一原因了。"再等一分钟看看。"松村想。他寄希望于金色秒针缓缓划过的六十个刻度。于是，松村破例地白白等了四十五分钟。

松村扫兴地离开酒吧约莫一小时后，河田匆匆处理完工作，来到吉莱姆酒吧。河田这一次虽说更加缓慢，但也和松村一样品尝了等待的苦恼。然而，这种刑罚之长久大过了松村数倍，其苛酷性也是松村蒙受的苛酷无法可比的。河田一直等到吉莱姆打烊，在一种想象力的鼓舞下，时间越长，他的苦恼也越发沉重、剧烈。他依然不死心，苦恼也就一个劲儿增大。

最初一小时，河田想象里的宽容无限广大。"吃饭很费时间，一定是被请到哪里的包间里吃日本料理了。"河田想。也许是那种有艺妓伺候的筵席。在有艺妓的场合，松村也要谨慎行事吧？这想象对于河田很合胃口。又过一会儿，看来稍稍迟到了。努力减少这种疑惑的心，突然爆发，别的疑惑也一个接一个地着了火。"悠一会不会撒谎？不，他从来没有过呀。这小子太年轻，敌不过狡猾的松村。他太纯情、太天真了。他喜欢我，这是不容怀疑的。但是单凭这小子的力量，他是没办法把松村拉到这里来的。一定是松村识破了我的计谋，不肯上钩吧？眼下悠一和松村一定待在别的酒吧，悠一一定会瞅空子逃到我这里来的。再稍微忍耐一会儿。"——这样一想，河田深感后悔。

"都干了些什么呀，我？都是我的虚荣心，才特意使悠一落进松村的陷阱了吧？我为何不叫悠一断然拒绝邀请呢？悠一不好打电话，他多少有些不够大气，那么我也可以给松村打电话表示拒绝的呀！"

猝然间，一种假想撕裂了河田的心。

"现在，也许在哪个旅馆的床上，松村和悠一正抱在一起吧?！"

种种臆测所具有的逻辑渐渐精确起来，"纯情的"悠一，"卑劣的"悠一，两种逻辑各自形成了完整的体系。河田向酒吧柜台上的电话求救，给松村打电话。十一点过了，松村还没回家。打破禁忌，往悠一家里打，不在。河田问清了悠一母亲医院的电话号码，他不顾一切常规礼仪，央求医院总机问问病房，悠一也不在那里。

河田几乎发狂了。回到家里怎么也睡不着，凌晨两点，他给悠一家里挂电话，悠一没有回来。

河田一夜未眠。第二天早晨，一个初秋时节清爽的晴天。上午九点，悠一来接他的电话了，河田没有说一句责备的话，叫他十点半到公司经理室来。河田这是第一次把悠一叫到公司。在去公司的车子里，河田的眼睛里丝毫没看见车窗外的景色，只是在心里喃喃重复着一夜之间所作出的大丈夫式的决断。"一旦决断，决不反悔！刀山火海，也不回头！"

十点钟，河田准时走进经理室。秘书进来问好。

他本来委托一位董事代替他出席昨晚的宴会，他吩咐秘书找那位董事来汇报情况，眼下还没到。不巧，另一位董事慢腾腾走进经理室闲聊。河田弥一郎心烦意乱地闭着眼睛。虽然一夜未睡，但也不觉头疼，高昂的头颅反而更加清醒。

那个董事靠着窗户，摆弄百叶窗的穗子，他说话总是一副高嗓门：

"这两天喝醉了，头一直疼得厉害。昨天晚上被一个想不到的人拉去喝酒，一直喝到凌晨三点。两点离开新桥，又在神乐坂被人敲门吵醒。你猜是谁？是松村制药公司的松村君！"——河田一听，甚觉愕然。

"同那种青年人一道耍，我这个身子早晚要垮掉的。"

河田装作毫不感兴趣地问：

"松村君的伙伴儿是个什么样的主儿？"

"松村君只是一个人呀。他家老爷子和我很熟，有时候，他就像拉自家老爷子一样，拉我出去喝酒。昨天本来想早些回家泡个澡，结果他来电话叫我了。"

河田差点儿乐得哼哼起来，但别一种心思使他忍住了。这个好消息还不足以消除昨晚的苦恼。不仅如此，说不定松村委托一个亲近的董事跑来撒谎，证明他自己不在现场，也有可能啊。一旦决定，决不回头！

那董事又东拉西扯谈了些工作上的杂事，河田本人也漫无边际地应付一通。秘书进来说有客人到。原来是亲戚的一个学生求职来了，河田皱着眉头说成绩太差了。那董事知趣地避开，这时悠一走进来。

初秋的早晨，美青年在明丽的光芒之中，脸上闪现着青春的朝气。没有一点云翳，没有一丝暗影，朝朝夕夕，总是一张生动的脸，撼动着河田的心胸。昨夜的疲劳和背叛，一概交付他人，丝毫不留苦恼，一副不知报偿的青春的面颜，即便昨晚杀了人，还是没有任何改变。他穿着一件蓝大衣，灰色裤子裤线笔直地向前挺着，步履轻捷地来到河田面前。

河田愚不可及地先开了口：

"昨晚怎么回事？"

美青年露出男子洁白的牙齿微笑。河田让他坐下，他便坐在椅子上，说道：

"因为太麻烦，我没到松村先生那里去，所以我就想也没必要到河田先生您这里来了。"

河田对这种明显矛盾百出的辩解已经习惯了。

"为什么没必要到我这里来呢？"

悠一又一次微笑了，而且像一个放肆的学生一样，把坐着的椅子弄得咯吱咯吱响。

"不过，不是三天两头都见面吗？"

"我给你家里打过好几次电话。"

"听家里人说了。"

河田气急败坏地一味蛮干下去。他一下子跳到悠一母亲生病的话题上。他问住院费有没有困难，青年回答说没困难。

"我想知道你昨夜住到哪里了。我想送你母亲一笔抚恤金，可以吗？给你个能接受的数目。你答应了，就点点头……而且，"——河田用严肃地处理公务的口气说着，"今后一切，希望你断绝同我的来往。我也决不再缠着你。我希望今后再不要遇到倒霉的事情，以免干扰我的工作。可以吗？"

河田一边叮嘱，一边取出支票本子，他一时犹豫不决，不知道这种场合要给青年几分钟考虑的时间，他偷偷看青年的脸。这之前，一直低着眉头的，实际上是河田，青年始终抬着头观望。一瞬间，他既等着悠一的辩解、赔礼和哀求，又感到害怕。青年却高傲地挺起了脖颈，一声不吭。

沉默之中，传来河田扯下支票的声音，悠一一看，写着二十万。他默默用手指尖儿推了回去。

河田把支票撕毁了，在下一张上填好金额，扯下来推到悠一面前。悠一又推了回去。这种颇为滑稽而又认真的游戏反复了好几次，到了四十万，悠一想起了俊辅借给他的那五十万日元。河田的作为只能引起悠一的轻蔑。青年打算耍弄他一下，先把他逼到极限，再将拿到的支票当面刺啦一声撕毁，然后走人。然而，一想到五十万日元，便冷静下来，看河田下面如何出牌。

河田弥一郎没有低下骄傲的额头，他右侧的脸颊像闪电一般抽搐了一下。他撕毁前一张，又新写一张扔在桌面上。五十万！

青年伸出手指，慢慢将支票折叠好，装进胸前的口袋。他站起来，淡然一笑，打了个招呼。

"谢谢……感谢您长期以来对我的照顾。好吧，再见。"

河田从椅子上站起来的力气都没有了，但还是伸过手来，说了声"再见"。悠一握手时，觉得河田的手剧烈地颤抖着，他认为这是正常的。他一走出屋子，就感到河田从不对人表示怜悯，他也最讨厌别人对他的怜悯，这正是他的幸运。不过，这种自然的感情里，总是不免流露着友情。他喜欢乘电梯，所以没有走楼梯，而是按了一下大理石柱子上的电钮。

*

悠一想到河田汽车公司就职的打算落空了。他的一番社会的抱负遂化作泡影。再说河田，他用五十万日元赎回了"蔑视生活"的权利。

悠一的野心本来就具有空想的性质。同时，这种空想的受挫，妨碍他回到现实。受伤的空想较之无伤的空想，似乎更是把现实当成敌人看待。本来，他对自己能力的幻想和自己能力准确的计量之间还存在着落差，如今，消除这种落差的可能行为一下子断绝了。然而学会观看的悠一，一开始就知道这种可能总要断绝的。因为在这种可叹的现代社会，按习惯，能力的计量首先要有必要的能力。

是的，悠一学会了观看。可是，他并不借助镜子，身处于青春之间而观察青春，这是很困难的事。青年的否定终止于抽象，青年的肯定倾向于官能。困难使他的这种认识变得根深蒂固。

昨晚突然想赌他一把，让松村和河田都扑了个空，干脆跑到同学家里喝个通宵，度过了一个清净的夜晚。然而，这所谓的"清净"也脱不出肉体的范畴。

悠一寻求着自己的位置。一度冲破镜子的限制，就忘记了自己的脸孔，权当此物不存在，然后开始寻找观者的位置。他摆脱一切位置都由社会赐予的孩子般的野心，如今立于青春的中央而寻求之。他想将存在的位置摆放在自己目无所见的东西之上，他为这桩困难的事情而焦躁不安。以往，他的肉体很乐于完成这项工作。

悠一感到俊辅的诅咒捆住了他的手脚，他首先必须把五十万日元还给俊辅。一切都得从那之后开始。

数日后，一个秋凉的晚上，美青年预先没有打招呼就来到俊辅的家。老作家正在续写几个星期前带来的稿子。他把自己评传的题目定为"桧俊辅论"。俊辅不知道悠一突然来访，他把未完成的稿子又重新读了一遍，有些段落都用红铅笔改动过了。

第三十二章　桧俊辅的『桧俊辅论』

　　孤寂的天赋，或者天赋的孤寂，身处其中而以孤寂自恃，这是一些作家消除孤寂的唯一办法。俊辅不是这样。虚荣心将他从陷阱中救了出来。假若自恃孤寂是一种虚荣心的反论，那么拯救我们的只能永远是不陷于反论的某种正统的浅薄。他的平衡，某些地方借助于对这种浅薄的信仰。

　　打幼年时代起，艺术就成了他的胎毒般的东西。除此，他的评传就没有什么特别可以记述的了。兵库县的名门望族，在日本银行任参事、工作三十年的父亲，他十五岁上死去的母亲，这些关于家庭的记忆，应有的学历，优秀的法语学习成绩，三次归于失败的婚姻，这最后一项是作者最为关切的内容，但是任何作品都没有触及这个秘密。

在他随想的一页上，我们可以读到这样一节：儿时的他走在想不起来是何处的一片森林里，那里有明丽的阳光、歌声和飞翔的声音。那是一大群蜻蜓。可是这样美好的情节，整个作品的前后再也看不到了。

俊辅创始了从死人嘴里拔去金牙的艺术，在他这个人工乐园里，严格摈除不含有对实用目的加以嘲笑的价值，只存在死人般的女人、化石似的花朵、金属的院子和大理石的寝床，此外没有任何其他东西。桧俊辅执拗地描写被贬抑的一切人性的价值，明治以来的日本现代文学中，他所占据的位置总带有一种不祥的因素。

少年时代给他影响的作家是泉镜花，明治三十三年创作的《高野圣僧》，数年之间成为俊辅理想中的艺术作品。故事描写许多人都中魔变形了，只剩下一个保留人形的淫欲似火的美女，还有一个逃脱这唯一的美女之手的保持人形的僧人。这篇作品也许暗示着他自身创作根源的主题。但是不久，他舍弃了镜花的情绪世界，和独一无二的好友萱野二十一一起，置身于当时渐渐传入的欧洲世纪末文学的影响之下。

　　他当时的许多著作，似乎模仿死后出全集的编纂方法，都收进新近出版的《桧俊辅全集》之中，笔墨稚拙、素朴。其中《仙人修行》这篇极短的寓言，是他十六岁时写的，我们惊奇地发现，这篇几乎是无意识的创作，包含着他晚年全部创作的主题。

　　"我"是仙人洞里被使唤的侍童。侍童生在山岳地带，幼时只以云霞为食。因此，仙人们便雇用了"我"，这样可以不付工钱。仙人们对世人宣传说，他们仅以云霞为生，事实上，他们也像世人一样，必须吃蔬菜和肉才能活着。"我"为了筹集"我们侍童"——实际只有"我"一人——的食品，经常到山下的村庄里购买好多份羊肉和蔬菜。一个狡猾的乡下人，把得了瘟疫病死的羊肉卖给了我。仙人们吃了这种羊肉都一个个中毒死了。善良的乡民们得知有人贩卖了毒肉，十分担心，登上山顶一看，那些所谓仅以云霞为生、不老不死的仙人全都死了，吃了毒肉的侍童依然完好地活着。于是，大家都把侍童当作仙人尊崇。侍童既然成仙，遂宣称尔后仅以云霞为食，独自一人在山顶过着安逸的生活。

这里所写的不用说，是对艺术和生活的暗喻。侍童知道艺术家生活的诈术，他在了解艺术之前已经学会了生活的诈术。其实，侍童一生下来就掌握着这种诈术的诀窍和生活的秘钥。就是说，他本能地仅以云霞为生，于无意识的部分体现着艺术家生活的最高诈术这一命题。同时，正因为无意识，才为仙人们所役使。仙人的死，使得他艺术家的意识获得觉醒。"我今后仅以云霞为食，不再像过去那样吃羊肉和蔬菜。因为我已经成仙了！"侍童说道。他将这种意识化、天赋之才当作最高诈术加以利用，由此，他从生活中蜕变出来，成为一名艺术家。

对于桧俊辅来说，艺术是最易行的一条道路。他从这种容易的自觉中找到了作为艺术家的痛苦的快乐。世间将这种雕虫小技称作刻苦勤勉。

最初一部长篇小说《魔宴》（明治四十四年），是文学史上独一无二的杰作。当时正是白桦派文学兴隆时期，同年，志贺直哉写了《污浊的头颅》，桧俊辅破例地只和该派的异端萱野二十一交游，一生始终同白桦派无缘。

他通过《魔宴》一书，确立了小说创作的方法和自己的名声。

桧俊辅丑陋的容貌，成了他青春的奇妙的天赋。他所敌视的自然主义文学作家富本青村，在作品中塑造了一个青年，把他作为模特儿。这种白描的手法很能传达俊辅青年时代的风采。

三重子只管独自一人坐到那个男人面前，她试图弄明白，为何这人脸上总有一种寂寥之色。"我说小郎君呀，您再怎么央求，那都是不可能的。"听到她两次三番冷言以对，那男子还是觍着面皮，脸上显出无限的寂寞。龌龊的嘴角，缺乏情趣的鼻子，软塌塌紧贴两侧的薄耳朵，桑树皮般的脸上，只有眼白灿灿发光，麻风病的眉毛似有若无。既缺乏灵气，又毫无朝气。其人一副寂寥之相，定是来自他本人不自觉其丑的缘故吧？三重子胡乱猜度起来。

（青村《老鼠的闺房》）

现实的俊辅是"自觉其丑"的。但是，在生活之中，仙人失败了，侍童没有失败。容貌给予他的深深的屈辱感，成为他青春时代秘密的精神活力的源泉。他学会从最表面的问题上展开深远主题的方法，可以说这就是他的体验。《魔宴》的故事是，冰雪般的女主角由于眼角下面有一颗小黑痣，受到了不幸命运的播弄。这种情况下，黑痣似乎是命运的象征，实际相反。桧俊辅和象征主义风马牛不相及。他作品里的思想，像黑痣那样独自执拗于毫无意义的表层而获得保障，并由此引出他的一句著名的箴言："没有化作形式或潜隐于形式之中的思想，不能称作艺术作品的思想。"（《谵语聚》）

他认为，所谓思想这种东西，像黑痣一样产生于偶然的原因，因同外界的反应而必然化，并不具备自身的力量。思想是一种过失，可以说是生来就有的过失，不可能先有抽象的思想，而后再加以肉体化，思想从一开始就是一些夸张的样式。长着大鼻子的人，他就是大鼻子思想的主人。一个耳朵能动的人，无论如何翻来调去，他都是能动的耳朵的独创思想的主人。他的所谓形式，可以说几乎都是肉体，桧俊辅立志创作类似肉体存在的艺术作品，形成讽刺的是，他的作品无一不发散着尸臭，其构造就像精巧的黄金棺材一样，给人以极端人工化的印象。

《魔宴》里的女主人公委身于她最心爱的男人，两具肉体如干柴烈火，发出"瓷器般互相磨合的声响"。

"华子不知怎么了，仔细一想，原来是高安的牙齿强烈抵在她的牙齿上，摩擦摇动发出的响声，高安镶着满口瓷牙。"

这是《魔宴》中力求写得最具滑稽效果的唯一的段落。这里有着品味不太高的夸张，丑恶的卑俗趣味在前后众多丽词佳句中突然露出脸来。但这一节，埋下了半老男人高安之死的伏线，这种结构给读者带来了"死"这一突如其来的卑俗的恐怖。

历尽沧桑变化，桧俊辅依然很顽固。这个欲死还生的男人心里，天生具有自身无法燃尽的活力和麻木感。在他身上，丝毫找不到堪称作家个人发展的定规，即由反抗至轻蔑、由轻蔑至宽容、由宽容至肯定的轨迹。侮蔑和美文成为他一生割舍不掉的痼疾。

俊辅在长篇小说《梦景》里首次达到了艺术完美的境界。尽管有个甘美的题目，却是一部残酷的爱情小说。友雄在故乡老家度过了像《更级日记》中女主角所梦想的少年时代，来到京城之后突然遭遇强烈肉欲的恋爱，由于过于敏感和无持续性的性格，逃不脱年长女子肉体的羁绊，十数年间，挣扎于厌恶和倦怠之中，最后携带暴死的女人的骨灰，欣然回到了乡里田园。五百页中有四百多页充满了对生活无限的倦怠和厌恶。这种对于主人公温和生活态度的和缓的描写，总是以不断的紧张情节拖住读者，其中奥妙正潜隐于仿佛蔑视读者热情的作者这种态度之中，看来这是一种方法论的秘密。

论起小说，很难想象作者对于自己蔑视的事物一点也不企图移入自己的感情。其实这种移入倒是一条有利的捷径，正是这样，福楼拜才塑造出了那个不朽的人物郝麦[1]，利勒－亚当才塑造了特里布拉·博

1　《包法利夫人》中的药剂师。

诺梅[1]。看来，只能认为桧俊辅缺少小说家必要的能力，那种对于自他毫无偏见的客观态度一旦以现实为对象，其客观的自体就能化为自由、改变现实的热情的神秘能力。已经看不到再次将小说家投入生活旋涡的那种可怕的具有"客观热情"的实验科学家般的热情了。

桧俊辅对自己的感情进行精选，他具有将自认为美的归于艺术、坏的归于生活的一种任其挑选的形迹。于此，他建立起了最佳意义上的唯美和最坏意义上的伦理这样一种奇妙的艺术。然而，只能认为他一开始就放弃了美和伦理的艰难的交配。与其说是支撑众多作品的热情，毋宁说是单纯物理性的力量的源泉，这究竟是什么呢？这单单是来自艺术家的易行和忍受寂寞的自我克制的意志吗？

《梦景》是自然主义文学的一种滑稽的仿制品，但是自然主义和反自然主义的象征主义，按照相反顺序输入了日本，处于这种日本自然主义发足的时代，

1　法国作家利勒－亚当作品《克莱尔·勒诺瓦》中的实证主义代表人物。

桧俊辅和谷崎润一郎、佐藤春夫、日下耽之介、芥川龙之介一道，成为大正初期艺术至上主义的旗手。他一向不受象征主义的影响，煞有兴趣地翻译了马拉美的《希罗狄亚德》，以及于斯曼、罗登巴赫等人的作品。如果说从象征派中获得了什么，那不是反自然主义的一面，而是反浪漫主义的倾向本身，仅此而已。

但是，现代日本文学中的浪漫主义，不是桧俊辅真正的敌人。这种文学早在明治末叶夭折了。桧俊辅心中自有真正的敌人，没有比他更能切身感受浪漫主义危险的人了。他是被讨伐者，又是讨伐者。

这世界上脆弱的东西、感伤的东西、易于转化的东西、怠惰、放纵、永恒的观念、未熟的自我意识、梦想、执拗、极端自恃和极端自卑的混合物、殉教者的伪善、愚痴，有时"生"的本身……从这些方面，他看到了所有浪漫主义的阴翳。浪漫主义就是他所说的"恶"的同义语。桧俊辅将自己青春时代危机的病因悉数归于浪漫主义的病菌。于此，产生了一个奇妙的错误。俊辅摆脱了青春的"浪漫派"的危机，在作品的世界里，随着反浪漫主义者的绵延，浪漫主义也在他的生活里执拗地绵延下去。

因侮辱生活而固守生活，这奇妙的信条使得艺术行为无限地改变为非实践的东西。不存在用艺术可以解决的事情，这是桧俊辅不知餍足的信条。他的道德的缺失，终于使得艺术上的美和生活上的丑具有同等的重要性，从而陷入可供选择的、单纯的相对存在之中。艺术家定位于何处？艺术家简直像魔术师一样，高踞于面对公众的冷酷诈术的顶点。

青年时代的俊辅自觉貌丑而深感苦恼，就像梅毒患者的病菌侵犯脸部一般，俊辅爱把艺术家的存在，看成是外表受到精神毒害的奇妙的残废人。他有一个远亲，患了小儿麻痹症，成年后像狗一样在家里爬行。不光如此，这个人下巴颏特别发达，像鸟嘴一样向前突出，实在是个不幸的怪物。然而，每当看到他精心制作的深得好评的许多手工艺品，都会为异样的纤巧、美丽而震惊。

一天，俊辅在市中心一家豪华商店看到店头陈列着这些手工艺品，有用木雕的圆木片缀成的项链和带着八音盒的白粉盒。制作洁净而又华丽，摆在众多美男倩女出出进进的店内，真是适得其所。女客也买这些东西，但真正的买主一定是她们那些富裕的保护者。许多小说家面向这里透视人生。然而俊辅却将透视的目光转向反面。女人喜爱的华丽之物，异样纤细美好之物，无用的装饰品，穷极人工美的东西……所有这一切，必然具有阴翳。残留着看不见的不幸工匠的丑恶的指纹。这些制造者，必是小儿麻痹的怪物、不愿一顾的变性者，乃至类似的一伙儿。

"西洋封建时代的诸侯是正直的，也是健全的。他们明知个人生活的奢侈和华美必然伴随着极度的丑恶，并将证据暴露在光天化日之下，以此获得自慰而完善人生的享乐。他们雇用一些鬼怪、侏儒。在我看来，贝多芬就是蒙受宫廷恩宠的一个侏儒。"（《关于美》）

俊辅继续写道：

"……那么，丑陋的人为何能制造出纤细美丽的艺术品呢？要加以说明就只能归结于人的心灵美之上了。问题总是在于精神，在于所谓无垢的灵魂。然而谁也无法亲眼看到它。"（《关于美》）

　　俊辅认为，所谓精神的作用，只能使崇拜自我无力的宗教得以传播。苏格拉底首先将精神带入古希腊，这之前，统治希腊是肉体和睿智的平衡，而不是破坏平衡、表现自我的"精神"。阿里斯托芬用他的戏剧揶揄社会，苏格拉底使青年从奥林匹亚竞技场到集会广场，引诱他们由磨练肉体以供给战场，转向崇拜关于爱智的论争和自我的无力。青年们变得"肩膀狭窄"了。看来，苏格拉底的死刑至为恰当。

　　桧俊辅忍辱负重，在麻木不仁中度过由大正末期到昭和时代的社会变动以及思想混乱时期。他确信精神是毫无力量的。昭和十年写作的短篇小说《手指》被誉为名作，描写潮来地区水乡的老船夫，一生运送过各行各业的旅客，年老之后，有一次载着一位菩萨般的美女，陪她到秋雾溟蒙的水乡游玩，在一个河湾里做了巫山一梦。这个情节十分陈腐、古旧。作者还附了一个警拔的结尾：老船夫无论如何都无法使别人相信这一现实，但梦中被美女玩笑般地咬伤了食指，为了保留这个一夜欢情的唯一证据，他强忍疼痛不加治疗，终于因化脓不得不割掉指头。他把从根部切断的令人毛骨悚然的食指拿给人看。故事就到这里结束了。

简洁而冷酷的文章令人想起上田秋成幻想式的自然描写，达到了日本艺术中所谓名人的境界。俊辅在这篇作品里企图嘲笑同时代人的一副滑稽相，他们失去了信奉文学现实的能力，最后导致连自己的指头都丢掉了。

战时的俊辅，曾打算使中世文学的世界，亦即藤原定家的《十体论》《愚秘抄》《三五记》美学影响下的中世世界，获得一次再现。但不久战时不当的检查之风卷来，只得守着祖传的财产而默默活着，继续写一部无意于发表的怪异的兽奸小说。这就是战后出版的可以和十八世纪萨德侯爵的作品相比肩的《轮回》。

但是，战时他曾经一度发表过大声疾呼的时事评论。当时，他被右翼文学青年所推行的日本浪漫主义文学所激怒。

战后，桧俊辅的创作力开始衰微，偶尔发表一些片断的作品，这些虽说都未辜负名作的称号，但战后第二年，五十岁的妻子和年轻的情人一起殉情之后，他有时只是为自己的作品试着作一些注释罢了。

桧俊辅不再打算写任何文章了。他和几位被称作文豪的老年作家，一起躲在自己构筑的文学之城里，深居简出，即使死也不动城郭一块石头，以终其严谨的一生。但是，在世人所看不到的地方，这个作家的愚行的天分和生活中长久被压抑的浪漫的冲动，暗暗地妄图进行复仇。

侵袭老年作家的竟是一种怎样的相反意义的青春啊！这个世界上有着奇怪的相遇。俊辅不相信灵感的存在，然而他又不得不被此种相遇的灵妙所打动。一个出现于海涛之中的青年，具备了俊辅的青春所不具备的一切。当他发现这个绝不爱女人的美青年的姿影时，桧俊辅看见了他自身青春的不幸的模型、使他大为惊叹的塑像。俊辅的青春寄托在这个用大理石的肌肉塑造的青年身上，生活的畏怖从他身上消失了。好吧，这回就利用老年的智谋，恢复铜墙铁壁般的青春吧。

悠——一切精神性的缺失，治愈了被精神腐蚀殆尽的俊辅的艺术这一痼疾。悠一对女人一切欲望的缺失，治愈了俊辅因欲望而避忌的生活的怯懦。桧俊辅打算创作一部终生未能实现的理想的艺术作品，一部以肉体为素材挑战精神、以生活为素材挑战艺术、与俗世唱反调的艺术作品……这一企图成为俊辅有生以来第一次具有的未能转化为形式的思想的母胎。

开始乍看起来，创作进行得很容易。不过虽然是大理石也不免被风化，这活的素材时时都在变形。

"我想，我想成为现实的存在。"

悠一发出叫喊时，俊辅感到这预示着最初的挫折。

成为讽刺的是，挫折的预兆来自俊辅的内部，这样就有数倍的危险。他开始爱上了悠一。

更加成为讽刺的是，世界上没有如此自然的爱。这种艺术家对素材的爱，使得肉欲和精神的爱珠联璧合、身心相融，再也没有这样完美的境界了。素材的反抗倍增魅惑。俊辅被无限的本想摆脱的素材迷住了。

俊辅第一次感觉到创作行为中官能的伟大力量。

众多的作家青年时代都是自觉地开始创作的，而他却反其道而行之。或者说，这位"文豪"对悠一的爱和肉欲使他自己备受折磨，他是被迫成为小说家的，不是吗？那种可怖的"客观的热情"难道是第一次进入俊辅的体验之中吗？

不多久，俊辅离开化为现实存在的悠一，数月不见自己所爱的青年，回到孤独的书斋生活中。和好几次试着想逃避不同，这一回是果断的行为。这是因为他再也不能眼看着这个寄托自己的"生"的素材的变化而无动于衷，这种无法指望的肉欲越深刻，他就越是渴望仰仗过去自己极端蔑视的"精神"。

俊辅过去从未尝受过如此深刻的同现实的断绝，现实未曾凭借官能的力量使他不断加深这种有意识的断绝。他所爱的淫奔女人们具有的官能的力量，一面拒绝他，一面轻易转卖她们的现实，借助这种买卖，俊辅写下了无数冰一般的作品。

俊辅的孤独，完全转化为深沉的创作行为。他构筑了一个梦想的悠一，一个不为生所忧烦、不被生所侵蚀的铁壁的青春，耐得住一切时间侵蚀的青春。

俊辅的座右一直摊开着孟德斯鸠《史论》的一页，是论述罗马人青春的一页：

> 罗马人的圣经上写着，塔奎尼乌斯建立神殿的时候，所选的理想的地址已经供奉着众多的神像。于是对照鸟卜知识，众神协商打算为朱庇特神像让出一块地方，除了玛尔斯和青春之神还有特米努斯诸神之外，所有的神都赞成。因而，产生了三种宗教的方案。其一，玛尔斯的氏子坚决不让临时占领的土地；其二，罗马人的青春决不能屈服于他人；其三，罗马人的特米努斯神决不撤退。

艺术开始变成桧俊辅实践的伦理，生活中久已存在的他所忌恨的浪漫主义，被他用浪漫主义本身的武器铲除了。至此，堪称俊辅青春的同义词的浪漫主义，被封存到大理石里了，成为永恒的浪漫观念的牺牲品……

俊辅并不怀疑自己的存在对悠一是必要的，青春不该独自生活。就像重大的事件必须立即加以历史的记述一样，寄寓于宝贵的美丽肉体中的青春，旁边必须有个记述者。行为和记述，同一个人绝不能兼而有之。肉体之后萌发的精神，行为之后萌发的记忆，以及仅仅有赖于此的青春的回想录，无论多么美丽，都是徒劳又徒劳的东西。

青春的一滴水，必须立即结晶，成为不死的水晶。沙钟上半部分漏下来的沙子，将近完了的时候，下半部分就会堆起同样形状的沙子，和原来的上半部分一样。青春即将终了时，漏刻一滴一滴全部结晶，旁边必须迅速刻上不死的像。

造物主的恶意，不让完全的青春和完全的精神在同一年龄上相遇，总是使青春芬芳的肉体包容着半生不熟的精神，对此不必引起慨叹。所谓青春，是精神的对立概念。不论精神如何永生，都只能是笨拙地在青春肉体精妙的轮廓上描摹一次而已。青春无意义地活着，这是莫大的浪费，是不思收获的一个时期。生的破坏力和生的创造力于无意识之中保持至高无上的均衡。必须造就这样的均衡才行……

第三十三章 大团圆

悠一夜访俊辅的那一天,从一早就闲着无事可做。到康子娘家的百货店就职的考核,一周之后就要举行了。就职问题岳父已经考虑决定了,但是考试还得去走走形式。为了商量一下如何考试,有必要到岳父家跑一趟,顺便打声招呼。本来早就应该去的,母亲病情的恶化,倒成了他一再拖延的借口了。

今天悠一也不想到岳父那里,他身上带着装在纸袋子里的五十万日元支票,独自一人到银座去了。

都电停在数寄屋桥站,已经不打算再向前开了。一看,人们都挤满了线路,朝尾张町方向奔跑。明净的秋空,黑烟滚滚。

悠一下了电车,夹在人群里,也急急向那里赶去。尾张町交叉路口已经挤满了人。三台深红的消防车停在人群里，数十条巨大的水龙向各处冒黑烟的地方喷射。

火场位于一家大酒吧。从这边望过去，被眼前的二层楼挡住了，只能见到时时腾起的火舌在黑烟里闪动。要是夜晚，一定能看到无数的火粉，但现在只是一团黑烟。大火已经波及周围的商店，眼前的二层楼建筑楼上被烧毁，只剩外墙了。可是，外墙淡黄色的涂料依然那样鲜艳、平静，外观和平时一样。一位消防队员登上大火围困的屋顶，用消防钩极力切断火源，群众对他的勇敢行为交口称赞。看到这个和自然的力量作殊死战斗的小小的人影，人们的心里仿佛感到一种真挚的快乐，犹如没有意识到正被看着的近似卑琐的快乐。

邻接火场的一座大楼，搭着改建用的脚手架，几个人站在脚手架上警戒着火势。

大火意外地没有发出响声。这里听不到爆炸声和烧毁的梁栋掉落的声音，只能听到低低的单调的轰鸣，那是报社红色的单引擎直升机，在头上盘旋发出的声响。

悠一脸上飘来水雾，他往后退了退。路边的消火栓连接着消防车上老朽的橡皮管子，水从修补过的破洞里喷射出来，路面上像下大雨。水柱无情地把和服店的橱窗打湿了，店里的人为了躲避火灾，把保险箱和日常用品都拿出来了，他们蹲在这些东西中间，外面的人瞧不见。

消防用水时时断绝，冲天的水柱眼看变弱，低垂下来了。这期间，被风吹得斜斜的黑烟丝毫不见减弱。

"预备队！预备队！"群众高呼。

卡车分开人群停下来，只见车尾上下来一群戴白色铁头盔的队员。他们是专门来维持交通秩序的警察，竟然引起群众一阵惊恐，实在可笑。也许这是出自大家的本能，觉得自己给现场带来了麻烦，才招来这群预备队员吧。队员们还没有挥舞警棍，挤在线路上的人群就像觉察失败的革命群众一样，海潮般向后退去。

这种盲目的力量巨大无比。每个人都失去自控，全被外来的力量所左右。原来拥塞在线路上的压力，又转向站在商店前边的群众身上，将他们挤在橱窗旁边了。

店铺前一个年轻店员站在贵重物品橱窗玻璃前边，张开两臂大叫：

"当心玻璃！当心玻璃！"

他像一只飞蛾，提醒那些根本没有看到玻璃的群众，唤起他们的注意。

悠一挤在人群里，他听到爆竹般的声响。原来是小孩子手里断线的两三只气球被人踩破了。悠一还看到人们杂乱的脚底下，一只蓝色木凉鞋，像漂流物一般被踢来踢去。

悠一终于挣脱人流，这才发现自己站在一个意想不到的地方。他重新系好歪斜的领带，迈开脚步。火场已经看不见了，然而，那惹来一场纷扰的异常巨大的能量，已经转移到他体内，酝酿着一种难以说清楚的快乐。

没有可去的地方了，悠一从那里走了一段路，进入一家剧院，正在放映的电影引不起他的兴趣。

*

……俊辅将红铅笔搁在旁边。

肩膀一阵酸疼。他站起来，捶捶肩，来到书斋隔壁七坪大的书库。一个月前，俊辅将藏书的一半处理了。同世上老人相反，因为岁数越大，书籍就越来越没有用了，只留下一些特别心爱的书物，拆除空下来的书架，在一直遮光的墙壁上凿了窗户。于是，除了仅有的邻接玉兰树密叶的一扇北窗之外，又新增了两扇明亮的窗户。放在书斋供临时休息的一张床，也搬到书库去了。俊辅在这里可以一边歇息，一边拿起小桌上的许多书籍，随便翻阅。

俊辅走进书库，找到上半部排列法国文学原著的书架，要找的书一眼就看见了。这是用高级日本纸印制的精装版《宠童诗神》的法文译本。《宠童诗神》是哈德良时代罗马诗人斯特拉托的诗集。他仿照宠爱安提诺斯的哈德良皇帝的复古趣味，歌颂了美少年：

　　　白皙的皮肤多美好，

　　蜜色的肌肉放光彩。

　　亚麻的头发很美丽，

　　乌亮的青丝更可爱。

　　褐色的眼睛人羡慕，

　　可我呀，

　　迷上了光闪闪的黑眼珠。

　　蜜色的肌肤、黑头发、乌黑的眼眸，这恐怕就是那位著名的东方奴隶安提诺斯的故乡小亚细亚所产。二世纪罗马人所梦想的青春美好的理想，带有亚细亚风格。

　　俊辅又从书架上抽出济慈的《恩底弥翁》，看到了那几乎可以背诵的诗句。

　　"……已经所剩无几了。"老作家在心中嘀咕。

　　"幻影的素材里已经不缺什么了，再加一把劲儿就完成了。一座永垂不朽的塑像即将大功告成。作品完成之前的心跳，莫名的恐怖，我久久没有体会过了。在这完成的瞬间，这个最高的瞬间里，究竟会出现些什么呢？"

俊辅斜着身子靠在床上，漫不经心地翻着书页。他侧耳倾听，庭院里一片秋虫的鸣声。

书架的一角，摆放着上月才出齐的二十卷《桧俊辅全集》。一排排整整齐齐烫金的文字，闪现着单调而迟钝的光亮。二十卷，无聊而自嘲的反复！老作家像打心底里抚摸自己丑陋的爱子面颊一般，用手指肚麻木地抚摸着书脊上的文字。

床周围有两三张小桌，摆着正在阅读的书籍。许多书籍摊开着书页，宛如死蝴蝶灰白的翅膀。

桌上摆着二条派歌人顿阿的歌集，打开的志贺寺上人的《太平记》，记述花山院退位的《大镜》中的一页，夭折的足利义尚将军的歌集，装帧得古色古香的《古事记》和《日本书纪》。《记》《纪》两书，不厌其烦地重复着青春盛年被杀或自杀这个主题。轻王子是如此，大津王子也是如此。俊辅很喜欢这些古代众多受挫的青春故事。

……他听到书斋门的响声，夜间十点钟了，谁会这么晚还来呢？肯定是女佣端茶来了。他没有朝书斋那边看，随口应和了一声。进来的不是女佣。

"正在忙着哪？我一头闯进来了，府上的人也没敢拦我。"悠一说。

俊辅出了书库，看见站在书斋正中央的悠一。美青年来得太唐突，他发现俊辅好像从书窝里冒出来一般。

两人叙着久阔。俊辅把悠一让到安乐椅上坐下，自己去书库书架上拿待客的洋酒。

悠一细听着书斋一角蟋蟀的叫声。书斋还像原来一样，窗户三面的百宝架上几件古瓷依然放在原处，古拙美丽的陶俑也没有移动。各处见不到应时的鲜花，黑大理石座钟一味沉郁地走着时间。看样子，这钟要是女佣一时怠惰，忘了上发条，平素与此无缘的老主人也绝不会动它一下，过不了几天就要停摆的。

悠一又一次打量了一番，这座书斋对于他来说，是一间有着奇缘的屋子。他体验最初的快乐之后访问这个家，听俊辅给他读《儿灌顶》中的一节，就是在这间屋子里。还有一次，他被生的恐怖摧垮，前来商量康子堕胎，也是在这间屋子。如今，悠一既不为过度的欢乐所陶醉，也不为烦恼所折磨，带着一副麻木的明朗的心情站到了这里。过一会儿，他将把五十万日元还给俊辅，从此扔掉沉重的包袱，摆脱他人的控制，恢复自由，离开这座屋子，再也没有必要向这里跑了。

俊辅把盛有白葡萄酒瓶和玻璃杯的银盘端到年轻的客人面前，他自己坐在摆着琉球染靠垫的两用长椅上，往悠一的杯子里斟满酒。他的手剧烈地震颤着，酒洒了出来，年轻人不由联想起几天前见到的河田的手。

"这个老人看我急忙来访，真是高兴死了。"悠一想，"不好冒冒失失提还钱的事。"

老作家和青年干杯。俊辅一直没有正面瞧过悠一，这回才朝这个英俊的青年看了看。

"怎么样？现实什么样子了？还算中意吧？"

悠一露出暧昧的微笑，他那鲜润的嘴唇，因表现一种习惯的讽刺而歪斜着。

俊辅不等对方回答又接着说：

"看来还是有些心事吧？不便对我讲的事，不愉快的事，令人吃惊的事，还有干得很出色的事，总会有一些吧？可是，照我看，这些都一文不值。咦，都写在你的脸上呢。你的内心也许变了，但是，你的表面，从我见到的时候起，一点儿也没有变。你的外表没有受到任何影响。现实也没有在你脸上刻印任何痕迹。你具有青春的天赋，这东西是任何现实都决然征服不了的。……"

"我和河田先生分手了。"青年说。

"那敢情好啊，那家伙被自己创造的观念论给毁了，他很害怕你的影响。"

"我的影响？"

"是啊，你绝不会受现实的影响，反而时时不断对现实施加影响。你对那家伙的现实影响，变成了他可怕的观念。"

由于有了这番谈话，尽管捧出了河田的名字，悠一还是失去了说明想归还五十万日元的机会。

"这位老人是在对谁说话呀？是对我吗？"青年很惊讶，"如果还是当初我什么也不知道的时候，我会极力去理解桧先生的奇特理论。可是，现在这位老人假造出来的一副热情，对我已经触发不起一点兴趣了。还给我说这些干什么呢？"

悠一不由回头看看房间里黑暗的一角，他感到这位老作家仿佛正对着站在自己背后的某个人说话。

夜很静。除了虫鸣听不到其他任何声音。白葡萄酒从瓶子里倒出来的响声，听起来像玉佩叮咚。刻花玻璃杯闪射着光亮。

"来，喝！"俊辅说，"秋夜，这里有你，有葡萄酒，这个世界再也不缺什么啦！……苏格拉底站在小河畔，一边听蝉鸣，一边和美少年帕特罗斯谈话。苏格拉底又问又答。凭借提问而到达真理，是他发明的迂远的方法。然而，从天生肉体的绝对的美里，绝不能得到答案。问答应该在同样的范畴里交互进行。精神和肉体绝不能进行问答。

"精神只能发问，绝不能回答，除了回响之外。

"我没有选择又问又答的对象。问是我的命运……那里有你，有美丽的自然。这里有我，有丑恶的精神。这是永恒的模式，不管什么数字，都不能互相换项。不过眼下，我不想故意贬低自己的精神。精神也有很好的方面。

"但是，悠一君，所谓爱，至少我的爱，不具备苏格拉底那种爱的希望。爱只能从绝望中产生。精神对自然，这种对于不可能理解事物的精神运动就是爱。

"那么，为什么要问呢？因为对于精神来说，除了向某一事物发问之外，就再也没有证明自己的方法了。不发问的精神几乎都是不存在的……"

俊辅说完了，扭着身子打开了窗户。透过防虫纱窗俯瞰庭院，只能听见微弱的风声。

"起风了，是秋冬之际的风啊……还热吗？要是热，窗户就这么敞开着。"

悠一摇摇头。老作家又把窗户关上，转头看看青年的脸，继续说：

"……所以说，精神必须不断制造疑问，积蓄疑问。精神的创造力就是制造疑问的力量。于是，精神创造的终极目标，就是疑问本身，也就是创造自然。这是不可能的，但是，永远朝着不可能前进，这就是精神的方法。

"精神这个东西……可以说是将'零'无限地积

聚起来，以期达到'一'的一种冲动。

"'你为何这么漂亮？'

"这是我在问你。你能回答吗？精神本不期待回答……"

他的眼一直盯着，悠一想回看他一下。悠一作为观者的力量，却像被咒术束缚住一般地失掉了。

美青年看来是招架不住了。那是一副极为无礼的目光。他把对方当成岩石，夺走对方的意志，将对方还原为自然。

"对啦，这视线不是冲着我来的。"悠一有些战栗，"桧先生的视线虽然明显对着我，但他所看的并非是我。那不是我，在这间屋子里，一定还有一个悠一存在。"

一个天然去雕饰，其完美不亚于古典的雕像的悠一，悠一清楚地看见了这个不可视的美青年的雕像。另一个美青年的确站在书斋里。正如俊辅在《桧俊辅论》中所写的，沙钟下部堆积的雕像伫立在那儿。这是一座还原为大理石、真正坚不可摧、巍然屹立的青春的雕像。

……玻璃杯子注入白葡萄酒的声音使悠一猛醒过来。他双眼圆睁，沉醉于梦想之中。

"喝吧！"俊辅把酒杯端到嘴边，继续说：

"……至于美，依我说，美就是不可到达的此岸。不是这样吗？宗教永远将彼岸和来世置于距离遥远的彼方。然而，距离，在人的概念里毕竟是可以穷尽的。科学和宗教不过是距离之差，相距六十八万光年的大星云也是有可能到达的啊！宗教是到达的幻影，科学是到达的技术。

"美，与此相反，永远在此岸，在现世，在眼前，确乎伸手可及。我们的官能可以品味它，这正是美的前提条件。官能很重要，它可以检验美。但是，它绝不能到达美。为什么呢？因为来自官能的感受最先遮挡了这种到达。希腊人用雕刻表现美，这是聪明的方法。我是小说家，现代发明的种种没有价值的东西之中，我是把最没有价值的东西当作职业的一个人。难道你不认为在表现美这一点上，这是最低劣、最没出息的职业吗？

"既然在此岸，就不可能到达。我这样说，你能明白吗？所谓美，是人心中的自然，是置于人的条件之下的自然。既在人的心中，又对人加以最严格的规制，和人作对抗。这就是美。因为有了美，精神片刻不得安眠……"

悠一侧耳倾听。他感到美丽的青年雕像在自己的耳畔同样在侧耳倾听。屋子里已经出现了奇迹。然而，奇迹发生后，只有日常的静谧占领着周围。

"悠一君，这个世界有着所谓最高的瞬间。"——俊辅说，"这就是现世的精神和自然的和解、精神和自然交合的瞬间。

"这种表现，在活着的人的身上，是根本不可能有的。活着的人也许尝到过这种瞬间，但是不能表现出来。它超越了人的能力。你不是说过'人不能表现超人的东西'吗？这是错误的。人不能真正表现人的究极的状态。人不能表现人的最高的瞬间。

"艺术家不是万能的，表现也不是万能的。表现总是被迫二者择其一，要表现还是要行为？在爱的行为中，人只能以行为爱人，尔后再加以表现。

"但最重要的问题是，表现和行为是否可以同步。

关于这方面，人只知道一点，那就是死。

"死虽是行为，然而却是唯一一次究极的行为……哎呀，我说错了。"俊辅莞尔一笑。

"死不过是一种事实。行为的死，可称为自杀。人不能依靠自己的意志而生存，但可以凭意志而死。这是亘古以来所有自杀哲学的根本命题。但是，毋庸置疑，在死这一点上，自杀行为和生命的整体表现可以同步进行。最高瞬间的表现应该有待于死。

"这从反面也可以证明。

"生者的表现中的至高点，位于最高瞬间的第二位，即由生的整体形态里扣除一个 α。这种表现加上生的 α，由此生得以完成。为何这么说呢？人一面表现一面生存。不能否定的生一旦从完成中除外，表现者只能装作假死。

"这个 α，人是如何寄望于它呢？艺术家的梦想总是与此有关系。生稀释了表现，剥夺了表现的真正目标，这一点谁都感觉到了。生者考虑的目标只不过是一个目标。对于死者来说，那也许就是我们所想象的蔚蓝的天空或灿烂的绿色。

"真是不可思议。对于表现感到绝望的生者，跑来拯救他们的是美；教给你断不能停滞于生的不确定的也是美。

"至此，美被官能性和生所束缚，教导人只信奉官能的正确。这一点，唯有这一点，才使人明白美对于人是伦理性的。"

俊辅说完了，他沉静地笑着又添了几句：

"好啦，不说了。你要是困了，就糟啦。今晚不着急，好久没来了呀……要是不想喝酒……"

俊辅看到悠一的杯子依然满满的。

"……好吧，下盘国际象棋怎么样？你不是跟河田学过吗？"

"嗯，稍微会点儿。"

"我的老师也是河田。他大概不是为了使我们两个在这岑寂的秋夜决一胜负，才教会我们的吗？……这棋盘……"

他指指古雅的棋盘和黑白两种棋子。

"是我从古董店找来的。国际象棋恐怕是眼下的我唯一的娱乐了。你不喜欢吗？"

"不。"

悠一没有拒绝。他已经忘记今天是为还清五十万才到这里来的。

"你执白子吧。"

悠一面前，摆着战车、主教、国王和骑士等十六个棋子。

国际象棋棋盘左右，喝了一半的白葡萄酒酒杯闪着光亮。接着，二人沉默了，静默中只有象牙棋子互相碰撞的微微响声。

在这沉默的期间，书斋里另一个人的存在之感越发明显了。悠一多次转过头去，那无形的雕像或许也在凝望着棋盘上的棋子吧？

这样不知过去了多少时间，漫长还是短暂，浑然不觉。被俊辅称作最高瞬间的那一刻，要是在这不经意的时间里来临，那一定也会在不经意的时间里离去。一局下玩了，悠一获胜。

"呀，认输啦。"老作家说。他脸上反而充满喜悦。俊辅这番温和的表情，悠一还是第一次看到。

"……也许我喝多了，输啦。再来一次雪耻战吧。

要稍微醒醒酒……"

他说着，拿起漂着柠檬薄片的水壶往杯子倒满水，端在手里站起身子。

"我去一下。"

他走进书库，过一会儿，看到他躺在小床上的脚。只听书库里他在高声地呼唤悠一。

"再过一会儿，就醒酒啦，二三十分钟之后请叫醒我，好吗？起来后，再战一盘。请等着啊！"

"好的。"

悠一答应了。他也坐到窗边的长椅上，尽情地伸着腿，手里摆弄着黑白棋子。

悠一去叫醒他，俊辅没有应。他死了。枕头旁的小桌上，脱下的手表压着一张匆匆写就的纸条。

"再见了。送给你的东西放在右边抽屉里。"上面写着。

悠一赶紧叫醒家里人，打电话叫来了主治医生久米村博士。已经没救了。博士问了当时的情况，原因虽说一时不明，但他认为，俊辅是吃了平素抑制右膝神经痛的镇静剂 Pavinal，超过致死量而自杀。问有没有留下遗书，悠一拿出刚才那张纸条来。打开书斋的书桌右侧的抽屉一看，两人发现了全部遗产的遗赠公证书。根据记载，将近一千万日元的不动产和动产以及其他一切财产，遗赠南悠一。两位证人是出版全集的那家出版社同俊辅关系密切的社长和出版部长。一个月前，俊辅带他们两人去了一趟霞关公证处。

悠一偿还五十万日元债款的企图落空了。不仅如此，他的一生还将捆绑在俊辅用一千万日元所表达的情爱之中，想到这里，他一阵忧郁。但这种心情同眼前的场面不相符合。博士给警察署打电话，侦查主任带着刑警和法医前来检查现场。

每一条检查笔录，悠一都作了明确的回答。博士好心地插话，说丝毫没有帮助自杀的疑点。然而，刑务部部长助理看了遗赠公证书，追问悠一和死者是什么关系。

"先父的朋友，我和现在的妻子结婚时，是他代父亲作主张罗的。他十分疼爱我。"

悠一作出这个唯一伪证时，脸颊上挂满了泪水。

侦查主任看到这纯洁美丽的眼泪，冷静地下了职业性的判断，承认悠一在一切方面都是无辜的。

消息灵通的报社记者赶来了，对着悠一发出了同一种质问：

"所有遗产都赠给您，请问，先生非常爱您吗？"

丝毫没有别的意思的这句话里，一个"爱"字刺疼了悠一的心。

青年板着面孔没有回答。他想起还没有告诉自己家里，于是去给康子打电话。

天亮了。悠一一点儿也不觉得疲劳，也没有睡意袭击他。但是，一大早就跑来这里的吊客和新闻记者，使他实在受不了，他给久米村博士打了声招呼，出外散步去了。

这是一个晴朗的早晨。走下坡道，都电两条闪光的铁轨，穿过人行道稀少的大街，通向蜿蜒的街道的远方。店铺大多尚未开门。

一千万日元！青年边想边跨过电车道。当心啊，要是现在给汽车轧死，一切都完啦……刚刚卸下窗帘的花店，簇拥着众多的花朵，鲜艳欲滴。一千万日元！

能买多少鲜花啊！青年在心里嘀咕着。

　　无可名状的自由，较之整夜的忧郁更加沉重地压在心头，不安使他笨拙地加快了脚步。这种不安权当是彻夜不眠引起的好了。快到省线的车站了，他看到上早班的人们向检票口拥去。站前早已摆上了两三个擦皮鞋的小摊子。"先擦擦鞋再说⋯⋯"悠一想。

一九五三年六月二十七日

于强罗

译后记

《禁色》是三岛由纪夫第五部长篇小说，也是三岛文学中最长的一部长篇小说。其第一部分（相当于中译本第一章至第十八章）自一九五一年一月至十月，连载于《群像》杂志，同年十一月由新潮社出版单行本；第二部分题为《秘乐》，自一九五二年八月至一九五三年八月，连载于《文学界》杂志。同年九月，由新潮社出版发行。《秘乐》以第十九章"老伙伴"为第一章起始，直到最后。前后两部作品之间，作者利用长达十个月的间歇到国外旅行。当第一部连载结束，三岛曾在末尾缀以"第一部完"一行文字，可见他从一开始就有将第二部收入《禁色》全书的意图。

当时的日本社会不像今天，以同性恋或近亲相奸为题材的作品毕竟显得不同一般，在前一部作品

《假面的告白》（1949），已经被判为触犯社会道德标准的背景之下，这部相当"异色"的作品，同样引起巨大反响，半是赞扬肯定，半是批评排拒。

一生遭受女人背叛的老作家桧俊辅结识"决不爱女人"的美青年南悠一，利用其希腊式的男性美，诱骗一个个女子上当落井，以达到向女人复仇的目的。最后他将巨额财产留赠悠一而自杀。这部小说其实具有两方面的主题，第一主题是：借古希腊雕像般的人物造型，标举文艺复兴式的古希腊精神，同时模拟法国十七世纪以来心理小说的传统，将其技法巧用于自己笔下的人物身上，以突出个人文学创作的特色。按照评论家野口武彦的看法，作者在《十八岁与三十四岁的肖像画》一文中，曾经透露写作《禁色》是对自己的一次"总决算"，是抱着"将自己的气质彻底加以故事化，并使自己的人生埋没于故事之中的一次试验"。就是说，《禁色》写作的真正动机，在于将自己的感受能力乃至气质，进行文学性处理，变古希腊精神为平民化、世俗化。

被称为"不是战后派的战后派"作家三岛，将书中主人公、男色同性恋者的美青年南悠一的所谓"异常",作为市民正常秩序的反叛的证据,从而可以看出当时代表时代精神的一部分"战后派青年"思想流变的进程。

《禁色》的问世,证明作者已经具有建构长篇小说熟巧的技能,为今后的代表作《金阁寺》以及二十世纪日本文学盛宴"丰饶之海"的创作,及早奠定了坚实的艺术基础。

《禁色》中译本始译于二〇〇九年四月,同年十一月底完成最后第三十三章"大团圆",十二月上旬校改定稿。在三岛文学中译本中,《禁色》可能是最受读者欢迎的一部长篇小说。记得那年我坐在"被炉"一侧翻译《禁色》,双腿直伸在榻榻米上,不一会儿就麻木、发疼,只得站起来走动一下才行。但当时精力颇佳,每天可译三四千字,进程相当顺利。我曾在《春雪》的译后记中说过:"《春雪》和《禁色》都是长篇巨著,竟然能耐着性子用电脑一个字一个字'敲'出来,连我自己都感到是个奇迹。"

如今,三岛由纪夫的大部分作品都有了中译本,三岛文学已经逐渐在中国获得广泛的传扬。而现在公版到来之际，我相信三岛文学将进一步获得认可与欢迎，同时也会涌现出一批三岛文学的研究家。作为一名三岛文学的读者和译者，我期待这一天早些到来。

陈德文

二〇一九年秋末初稿

二〇二〇年冬至修订

爱只能从绝望中产生。

精神对自然，

这种对于不可能理解事物的精神运动就是爱。

图书在版编目（CIP）数据

禁色 /（日）三岛由纪夫著；陈德文译 . 一沈阳：辽宁人民出版社，桂林：广西师范大学出版社，2021.3（2024.5 重印）

ISBN 978-7-205-10068-1

Ⅰ.①禁… Ⅱ.①三… ②陈… Ⅲ.①长篇小说—日本—现代 Ⅳ.① I313.45

中国版本图书馆 CIP 数据核字（2020）第 255549 号

出版发行：辽宁人民出版社
　　　　　地址：沈阳市和平区十一纬路 25 号　邮编：110003
　　　　　电话：024-23284321（邮　购）　024-23284324（发行部）
　　　　　传真：024-23284191（发行部）　024-23284304（办公室）
　　　　　http://www.lnpph.com.cn
印　　刷：河北鑫玉鸿程印刷有限公司
幅面尺寸：105mm×148mm
印　　张：12
字　　数：250 千字
出版时间：2021 年 3 月第 1 版
印刷时间：2024 年 5 月第 6 次印刷
责任编辑：盖新亮
特约编辑：任建辉　徐　露
装帧设计：COMPUS·汐和
责任校对：刘再升
书　　号：ISBN 978-7-205-10068-1

定　价：58.00 元